오늘 기분은
고양이가 정해 줄게요

오늘 기분은 고양이가 정해 줄게요

글·그림 **강예신**

테라코타

작가의 말

한동안 나의 수다는 어느새 길고양이들에 대한 안녕과 안부를
전하는 내용으로 바뀌었다.
넓은 마당에 늘어선 길고양이들을 마주하며 새삼 생명의 반짝
임을 직관할 수 있었다.

가만히 들여다보면 그 생김도 성격도 다른 고양이들에게서 우
리의 삶을 보았다. 그들의 하루하루가, 심심한 일상이 마음에 스
며들어 피식피식 웃기도 하고, 속상했다가 슬프기도 했다. 어느
새 나의 기분을 고양이가 알려 주고 있던 나날들이었다.

밥 달라 보채는 귀찮음이 관심으로 바뀌고, 관심이 애정으로 바
뀌는 시간을 거쳐 걱정을 남겨 놓았지만, 하나의 삶이 생각보다
단단하다는 것도 알았다. 돌이켜 보면, 고양이들과의 시간은 행
복이었다.

기승전결 없는 완만한 다큐멘터리 같던 그들과의 일상이, 지금은 행복의 순간으로 남아 있다. 그만큼 지난 시간이 뽀샤시한 필터로 걸러져 기억되는 이유이기도 하겠지만 무엇보다 무해한 생명들의 온기 덕분일 것이다.

"아주 대단한 삶이 아닐지라도, 웅장한 그 무언가가 아닐지라도 괜찮다"라고 말해 주는 고양이에게서 한 스푼의 철학을 읽는다.

복잡한 서울살이에 충분히 지쳐 있었고 무엇보다 집에서 작업을 한다는 게 불편할 무렵, 나는 과감하게 이사를 결정했다. 그렇게 찾은 곳은 강화도였다.

마당 있는 집에서 잔디를 밟으며 텃밭을 가꾸고 가까운 바다를 쉬이 걸을 수 있다는 정말 푸른 꿈을 안고 전원주택을 빌렸다. 높은 층고에 넓은 거실을 작업실로 정하고 그렇게 강화살이를 시작하게 되었다.

그곳에서 나는 그 많은 고양이를 만나게 될 줄은 정말이지 몰랐다.

봄이 지나가고 있다.

봄은 나를 지나가고, 나는 나의 고양이를 지나가고 있다.

봄이 온다는 게 참 다행한 일이었다.

조조, 덕희, 포우, 쪼코, 율무, 호콩, 고콩, 브라우니, 양말일, 양말
이, 코붕이, 옥토끼, 그리고 호섭이, 통키와 억울이…….
나는 아직은 차가운 봄날, 이들을 두고 떠나왔다.

이별은 한낮에

삼월의 첫날, 이삿짐 차가 집 앞으로 왔다. 미처 챙기지 못한 짐들과 청소로 부산스러워 고양이들을 살필 새도 없었다. 다행인지 자다 깬 고양이들은 낯선 사람을 피해 멀리 흩어져 보이지 않았다. 무엇보다 끊임없이 나오는 나의 짐들에 치어 정신이 없었다.

이사를 할 때마다 나는 새삼 나의 거대한 물욕과 마주하곤 한다. 한 사람이 살아가는 데 이렇게 많은 것들이 꼭 필요했던 것인지, 구석구석 쌓아 둔 소유욕의 위대함과, 이렇게 많은 물건을 사들인 무자비한 나의 소비 활동에 스스로 어이가 없다. 혼자서 부끄러워 이 넘쳐나는 물욕을 줄여 보리라 다짐해 보지만, 여전히 나의 물건들은 꼬리에 꼬리를 물고 늘어만 가고 있다는 게 농담이었으면 좋겠다.

버릴 것과 가져갈 것을 구분하면서 집 앞 냥이들의 물건들도 대부분 버려야 했다. 커다란 밥그릇 두 개만 남기고 다분히 주관적이었지만 최대한 다음 사람들에게 폐 끼치지 않는 선에서 냥이들의 집을 구석으로 배치했다. 내가 떠나도 그저 잘 돌봐 주기를 바라면서도 그 바람이 미안했다. 고양이들이 많아 부담이라는 다음 주인의 말을 들었기에 눈치도 조금 보였다.

한참 마당을 치우던 나는 빼꼼 고개를 내민 '조조'와 마주쳤다. 불안한 '조조'의 아련한 눈빛에도 뭘 해 줄 수가 없는 날이었다. 봄이 오고 있는데도 하필 그날 강화의 바람은 매서웠고 할 일은 너무 많았다. 몇 안 되는 이웃들에게 마지막 인사를 하고 길지 않은 전원생활을 마침 했다. 정작 고양이들의 마지막 얼굴도 보지 못한 채 길을 달려 도시로 향했다.

너무 슬플 것 같았던 이별은 무사했다. 차디찬 바람이 불었고, 슬픔보다 추위가 나를 에워쌌다. 다소 불편했던 좁은 길을 더 이상 지나다니지 않아도 된다는 해방감이 아직 그 온기를 전하지 못하는 태양 아래 흩어졌다. 아무것도 모르고 봄을 나온 잎사귀들과 꽃봉오리가 어여뻐서 헤어짐의 무게가 저 아래로 내려가 있었다.

역시 이별은 한낮에
분주하게 해야 하나 보다.

차례

우주를 담은 눈으로 바라보면
누구라도 주머니를 털게 되어 있지

CHAPTER 2
다하지 못한 안녕은 슬픔으로 내려
그리움을 남기고…

CHAPTER 3
관계:
상처받지 않을 만큼의 거리

CHAPTER 4

멀리서 보면 희극,
가까이서 보면 더욱 따뜻한 희극

너의 아주 작은 몸짓에도
기분의 온도가 달라진다

CHAPTER 1

우주를 담은 눈으로 바라보면
누구라도 주머니를 털게 되어 있지

낭만적인 낭만적인

시작은 용감하고 과감했다. 전원생활의 꿈은 부풀고 부풀어 몇몇 우려와 걱정을 내려놓게 했고, 어느 잡지 사진에서 나온 듯한 이층집에 잔디 마당이 있는 집을 선택하기까지 거리낄 것이 없었다.

시골의 한가로운 풍경 안으로 들어갈 수 있다는 것만으로 내내 기분이 좋았다. 몇 달은 하고 싶었던 것을 준비하느라 기꺼이 바쁘게 지냈다. 늦여름의 더위가 아직 남아 있을 무렵, 거실 앞 데크에 아이보리 색 캐노피를 설치했고 야외 그릴도 구비했다.

그때까지만 해도 전원 생활이 마냥 낭만적일 것으로 생각했던 것 같다. 멀지 않은 산 풍경이, 고개를 떨구며 익어 가는 벼들의 하늘거림이, 절정으로 부풀어진 나무들이 아침이면 낭만의 얼굴로 나를 불렀으니 그도 그럴 만했다.

쇼핑의 목록도 달라졌다. 커다란 잔디 가위를 샀고, 갈고리와 호미도 샀다. 분주하게 한참 뭔가를 사들일 즈음, 고양이 한 마리가 데크에서 나를 기다리고 있었다. 처음 본 그 고양이는 그 또랑한 눈으로 야옹의 말을 걸어왔다. 사람을 똑바로 보며 단호하게 야옹거린다는 것은 어김없이 밥을 달라는 것이다. 이 아이는 어디선가 야옹을 좀 해 본 게 분명했다.

그때, 나는 그 고양이의 야옹을 그냥 지나쳐야 했다. 매일 부를 수 있는 이름을 붙여 주지 말았어야 했다. 그랬다면 지금 나는 그들을 나의 근심 밖으로 내몰고 있지 않았을 것을…. 그러나 하필 나에겐 반 봉지쯤 남은 고양이 사료가 있었다. 야옹 좀 해 보고 다닌 고양이는 며칠째 나를 찾아왔다. 우렁찬 목소리로 밥을 내놓으라 명령했고 더 자주 나를 귀찮게 했다.

달 밝은 어느 밤, 밥 달라 외치던 고양이는
결국 '옥토끼'가 되어 나의 일상으로 들어왔다.
냥만적인 자신의 일상으로 나를 불러들이고야 말았다.

얼룩얼룩 그림자

서울의 밤은 언제나 길다. 밤 산책을 하거나 편의점에 가기에도 밤은 밝았다. '우리'와 '얼룩이'를 만난 것도 그런 밤이었다. 어미와 분리되기에 조금 어린 두 고양이는 집으로 가는 골목에서 경계를 늦추지 않으며 어느 캣맘이 주는 밥을 먹고 있었다.

겁많은 어린 고양이가 신경 쓰였던 나는 참치 캔을 몇 번 가져다주었다. 그랬더니 두 마리 고양이는 골목 끝에서 나를 기다리는 날이 늘어 갔고 내가 그들을 걱정하는 시간도 많아졌다.

자연스레 좋은 사료를 찾게 되고 참치와 츄르를 사게 되었다. 신기하게 집 뒤 조그만 마당까지 찾아오는 아이들의 밥을 두 해 넘

게 챙기다 보니 길가의 고양이들이 예사로 보이지 않는 지경에 이르렀다.

아이들은 성묘로 자랐고 똑똑한 외향형 고양이 '우리'가 먼저 집에 오는 날이 뜸해지더니 보이지 않았다. 반면 극 내향형 '얼룩이'는 혼자서 살그머니 밥을 먹으러 왔다. '야옹' 하고 나를 부르고도 밥을 주려 하면 저만치 달아나 버리는 얼룩이의 성향은 끝까지 한결같았다.

그러다 내가 집을 비운 한 달 사이 사라진 얼룩이도 더 이상 나를 찾아오지 않았다. 한동안의 산책은 얼룩이를 찾아다니는 일이었지만 다시는 그 소심한 무늬를 볼 수가 없었다. 인기척 없는 빈 그릇 앞에서 기다리다 지쳐서 갔겠지⋯⋯. 안타까운 생각은 얼룩이를 무겁게 마음 안에 자리 잡게 했다. 강화도로 집을 옮길 때까지도 행여 다시 올지 모른다는 생각에 얼룩이를 위해 남은 사료를 놓아두고 왔다.

집에서 멀지 않은 경의선 숲길에서 엉덩이가 엄청나게 큰 고양이의 뒤를 쫓는 우리를 다시 만난 적이 있었다. 너무 반가운 마

음에 급히 "우리야!" 하고 불렀더니 흘긋 나와 눈 한 번 맞추더니 커다란 엉덩이를 가진 다른 고양이를 바쁘게 따라갔다.

그리고 어느 한낮, 친절한 모녀가 내민 츄르를 먹고 싶은 마음과 두려움 사이에서 갈등하고 있는 우리를 보았다. 큰 덩치 고양이의 꼬붕을 자처하고 경의선 고양이의 삶을 선택한 우리를 떠올리면 웃음이 난다. 그러나 늦은 밤 가로등 아래 나방만이 친구였던 얼룩이는 늘 근심으로 떠다닌다.

그날, 마당 한가운데서 내게 밥을 달라 당당하게 야옹 하는 '옥토끼'에게서 얼룩거리는 소심한 어떤 고양이의 그림자를 보았던 것 같다.

🐾 고양이 세계에서는 싸움 잘하고 얼굴이 크고 엉덩이도 큰 고양이가 'BTS'라고 한다.

경의선 고양이로 살아가기

경의선 숲길을 지나다니는 많은 사람이 고양이를 좋아한다. 사람들에게 조금 맞춰 주면 참치나 츄르를 먹는 것은 일도 아니다. 길을 따라 걷다 보면 군데군데 그들이 놓아둔 사료는 많다.

🐾 우선 나를 잘 볼 수 있도록 자리를 잡는다. 귀찮지만 사람들의 눈길과 등을 쓰다듬는 손길을 견뎌 주면 그들은 간식으로 보상한다. 쓰다듬기 횟수가 많을수록 좋은 간식을 받을 확률이 높다. 단, 일진이 사나운 날은 만지기만 하고 가 버리는 인간도 있다.

🐾 웬만하면 받아먹는 게 좋다. 너무 경계하면 바닥에 짜 주기도 하지만 제대로 먹어 주기만 하면 츄르를 주기적으로 대령한다.

🐾 배를 까 주는 고급 스킬을 사용하면 간식을 먹을 확률을 최고치로 높일 수 있다.

🐾 아무에게나 들이대면 안 된다. 고양이를 싫어하는 사람도 있다. 우리는 하던 대로 경계를 늦추지 말고 가끔 꼬리를 느긋이 저어 주자. 우아하게 그루밍을 하며 눈치라는 것을 갖게 되면 안정적인 식량이 보장되는 경의선 고양이로 살 수 있다.

혼자 오라고!

옥토끼와 안면을 튼 지 얼마쯤 지나자, 검은 털 고양이가 나타났다. 그사이 옥토끼는 자꾸 친구를 데리고 왔다. 옥토끼가 나를 향해 야옹하면 밥을 줘야 했고, 거리를 두고 있던 옥토끼의 친구가 다가와 밥을 먹었다. 이 검은 털 고양이도 옥토끼가 데려온 줄 알았지만 서로 경계하는 걸 보고 곧 친구가 아니라는 걸 알았다.

검은 털 고양이는 여느 길고양이와는 달랐다. 숱이 많은 장모에 다리도 짧고 온통 까만, 누가 봐도 품종묘였는데 어쩌다가 길고양이가 된 건지 뭔가 억울할 것 같았다.

검은 털 고양이는 조심스럽게 옥토끼의 식사가 끝날 때까지 기다렸다가 제법 눈치를 보며 밥을 먹었다. 며칠이 지나자, 옥토끼처럼 나를 보면 밥을 달라 자신 없는 야옹을 시작했다. 못된 것은 금방 배운다지… 별수 없이 검은 털 고양이는 '억울이'라는 이름을 갖게 되었다.

이 둘은 정말 많이도 먹었다. 서울 고양이와 시골 고양이의 차이인가 싶기도 했지만, 사료를 챙겨 주는 사람이 제법 있는 도시와 논밭으로 둘러싸여 풀밖에 없는 곳의 차이였던 것 같기도 하다. 덕분에 사료는 며칠이면 바닥을 보였다. 그런데도 옥토끼는 종종 또 다른 대식가 친구를 데려왔다. 그때의 그 거들먹거림을 눈감아 줄 수밖에 없었던 건 내내 따라다니며 밥을 내놓으라 재촉하기 시작했기 때문이었다.

배가 고플수록 우렁차게 야옹을 시작해 나는 마음이 급해져 바삐 움직여야 했고, 옥토끼는 그릇에 밥을 담고 있는 그 순간까지도 독촉의 야옹을 날렸다. 순간순간 혼나는 것 같았던 건 조급함이 만든 기분 탓이었을 것이다.

두 마리 대식가 고양이와 몰래 밥을 먹고 가는 이웃 고양이들과 옥토끼의 친구까지 사료는 금방금방 사라지고 택배가 늦게 오거나 행여 사료가 떨어진 날은 집 앞을 나가기도 민망했다.

우리와 얼룩이를 경험한 나로서는 고양이들의 앞날을 걱정하며 살지 말아야지 했는데 나는 또 어느새 사료를 주문하고 있었고, 더 이상의 고양이는 안 된다고 다짐을 하며 밥 위에 참치를 얹고 있었다.

밥을 달라고 시끄럽게 구는 옥토끼는 본인의 볼일이 끝나면 아무 일 없었던 듯 돌아갔다. 애교를 부린다거나 고맙다 눈짓 한번 없이, 야옹 한번 없이 유유히 사라졌다. 이렇게 시크하기까지 하신 옥토끼님이 식사하는 동안 한걸음 떨어져 나는 "모르는 고양이를 왜 그렇게 데려오시는 거냐, 웬만하면 혼자 오시는 것이 어떻겠냐"고 말을 해 두었다.

내 청이 그리 간곡하지 않았던 건지, 혹은 무시해도 될 만한 언어였는지 모르겠지만 옥토끼는 친구들을 주기적으로 데리고 왔다. 기분상으로는 그 빈도수가 줄어든 것 같기는 했다.

고양이 집에 김치를 담으셨어!

여름에 미련이 남은 태양은 낮 동안 잠깐 뜨거웠다가 밤이 되면 가을바람 뒤로 물러났다. 고혹해진 하늘과 누가 달아 놓은 것 같은 단 한 개의 커다란 모과가 어여쁜 계절이었다. 멀리서 보면 아름다웠고 가까이에서는 힘든 계절이기도 했다. 쑥쑥 자라버린 풀을 잔디 가위로 자른다는 것도, 잘린 잔디와 떨어진 낙엽을 갈고리로 모아야 하는 것도 보통 일은 아니었다.

이른 은퇴를 하고 아예 집을 사서 온 옆집 부부의 마당은 점점 단정해지고 있었다. 아침이면 작은 텃밭이 만들어져 있었고, 다음 날에는 과실수가 심어져 있었다. 또 그다음 날은 나무 펜스를 두른 보기 좋은 마당이 완성되고 있었다.

쓰윽 잔디깎이로 잘 다듬은 잔디를 보며 우리 집 마당의 산발한 잔디가 잡초처럼 보이는 것이 매번 쑥스러웠다. 그 정갈한 마당보다 잔디깎이가 더 부러웠지만 빌려 달라고 하기도, 무턱대고 큰 기계를 사는 것도 어려워서 그냥 자연스러움을 추구하는 걸로 정해 버렸다.

마침 전시 준비도 해야 해서 집 앞을 다듬는 시간보다 안에서 작업을 하는 시간이 길어졌다. 옥토끼와 억울이의 밥을 주는 시간을 제하고는 서울 생활과 다를 게 없이 집순이가 되었다. 그렇게 가까이 오는 겨울을 맞았다.

철새들이 주변의 논밭에 날아들고 무성했던 잎들이 탈모증이라도 걸린 것처럼 우수수 떨어지기 시작했을 무렵, 엄마가 많은 양의 김장 김치를 보내왔다. 나는 정성스러운 김치보다 김치가 담긴 아이스박스가 더 반가웠다. 고양이 집을 만들 생각에 마음이 든든해졌기 때문이다. 길고양이들에게도 다가오는 겨울을 대비해 조금은 따뜻한 공간이 필요했다.

'아, 엄마는 그걸 알고 고양이 집에 김치를 담아 보내셨구나!'

너무 쉬운 길고양이 겨울집 만들기

준비물
아이스박스, 종이박스, 단열포장지,
칼, 가위, 테이프, 방석 (지푸라기)
고양이.

STEP 1.
아이스박스 (큰 거) 준비.

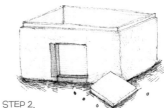

STEP 2.
칼로 출입구 오려 내기
→ 단면 테이프 붙이기(눈 쌓임 방지)

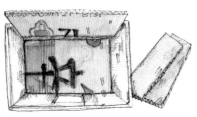

STEP 3.
내부에 박스 붙이기
(고양이가 굵으면 또 눈 쌓임)

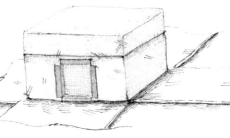

STEP 4.
은박 단열재로 박스 감싸기
(더, 더 따뜻해짐)

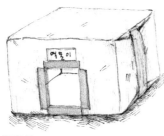

STEP 5.
문패 달고 방석 넣어 주기

STEP 6.
길고양이 데리러 가기

나는 아이스박스에 입구를 내고, 단열 은박지를 꼼꼼하게 둘러 고양이 집을 만들었다. 옥토끼는 그 집에 큰 관심을 보이지 않았지만, 느릿한 억울이는 뿌듯하게도 집 안에서 몇 번이나 쉬어 갔다. 그래서 나는 그 집에 억울이의 이름을 적어 문패를 만들어 두었다.

사방이 나무와 풀로 둘러싸인 자연 속에서
길고양이에겐 혹독할지 모를 추위가 오고 있었고,
나는 그들의 겨울이 좀 쉬이 지나가길 바랐다.

소음과 음악 사이

주로 밤에 작업하는 나에게 아침은 늦게 시작된다.

안방의 묵직한 암막 커튼으로 아침 해를 가리고 사는 내게 조용한 시골이 안성맞춤일 것이라 여겼건만 미처 변수를 생각하지 못했다. 집 바로 앞에선 다른 전원주택을 짓느라 '뚝딱뚝딱, 위이잉' 하는 공사 소음에, 크게 틀어 놓은 음악까지 거들면서 나의 아침 수면을 방해했다.

그래도 나는 꿋꿋하게 일어나지 않았다. 집은 거의 지어졌고 조금 있으면 평화로운 잠을 잘 수 있으리라 생각했다. 하지만 그 모든 것을 뚫고 들리는 소리가 있었다. 다소 까칠해진 옥토끼의

야옹 소리가 창문을 넘어 암막 커튼을 뚫고 내 귀에 곧장 배달되었다. 빈집인 척, 못 들은 척해 보지만 야무진 옥토끼는 내가 잠자는 방의 창문 바로 아래서 분명하게 본인의 의사를 전달했다.

침대가 등짝에 붙어 있는 것처럼 어기적어기적 일어나 고양이 밥을 주고 나면 잠은 어느새 달아나 버렸다. 어쩌다 이런 성깔 있는 고양이를 만난 건지…. 소량의 원망이 담긴 커다란 하품을 하며 나의 이른 하루가 시작됐다.

누군가를 챙겨야 한다는 건 여간 귀찮은 일이 아니다. 마음이 쓰이는 것은 귀를 예민하게 만들어 소음과 음악 사이를 뚫고 그 요구를 들리게 한다. 그 소리는 마법의 주문이 되어 졸린 눈을 뜨게 하고, 귀찮음을 제치고 나를 일어나게 만든다.

나는 어느새 충실한 집사가 되어 가고 있었다.

운수 좋은 날

겨울이 시작될 무렵 그걸 해 보기로 했다. 장독을 하나 사서 잘 씻고 말려서 해가 덜 드는 집 뒤꼍에 묻기로 했다. 생각보다 땅을 파는 건 어렵지 않았는데 또 생각보다 깊이 파내야 했다. 이게 이렇게 쉬운 일이었나 싶을 만큼 수월했다.

집 뒤쪽 작은 공간은 집 짓는 이가 땅을 제대로 다듬지 않아 땅이 헐거워 흙을 파내기 쉬웠던 것이다. 발을 디딜 때마다 쑤욱 잔디가 아래로 들어가곤 했었는데 그 울퉁불퉁했던 불편함이 김장독 묻기를 도왔다.

시골에 살게 되면 꼭 땅에 김치를 묻어 보리라 결심을 한 나는 신나게 독을 묻고 김치를 옮겼다. 모든 일이 순조로웠다. 그런데 김치가 좀 짜게 된 터라 중간중간 무를 넣기로 한 게 화근이었다. 달게 잘 자라 마음에 쏙 드는 뽀얀 무까지는 너무 좋았는데, 무를 나르면서 그만 발을 접질리고 만 것이다.

손에 들고 있던 채반의 무 조각들도 포물선을 그으며 바닥으로 낙하했다. '악' 소리가 새어 나오고 나는 고통에 한참을 주저앉아 있어야 했다. 겨우 하던 일을 급히 마무리 지었지만, 발목이 심하게 부어오르고 묵직한 통증이 지속되었다. 하필 주말이라 병원 가기도 그렇고 해서 대충 붕대로 감아 놓았다.

월요일이 되자 발목의 멍은 발등부터 정강이까지 번져 있었고, 발은 이스트를 넣은 빵처럼 부풀어 복숭아뼈가 숨어 버렸다. 다행히 집 가까이에 있는 큰 병원에 진료를 받으러 갔다. 엑스레이 사진을 보던 연세 지긋하신 선생님께서 "원래 깁스를 해야 하지만 불편할 것 같으니 약 먹고 최대한 왼쪽 발을 사용하지 말아요"라고 하셨다.

알겠다고 하고 약을 받아 돌아오긴 했지만 뭔가 찜찜했다. 결국 그 겨우내 나는 약간 절뚝거리며 고양이들의 밥을 줘야 했다. 그래도 봄이면 정말 맛있는 김치를 먹을 테지… 위로하며 시골의 첫겨울을 보냈다.

지나가던 새들이 고양이들의 밥그릇을 넘보는 일을 빼고는 특별한 것도 없는 겨울이 지나가고 있었다.

빼꼼

잘 살펴보면
저 앞에 뭔가가 어른거린다.

운 좋게 아주 가까이 있을 때도 있지만
대부분 멀리 있어
잘 보이지 않을 때가 많다.

그러나 희망이라는 녀석은
집착형이라 내내 우리를 따라다닌다.

빼꼼 고개를 내미는 희망을
알아채야 한다.

주위를 맴돌고 있는 수줍은 녀석을
기억해야 한다.

냥아치들

시골의 겨울은 정말 볼품없었다. 푸르다는 것이 가진 찬란한 힘이 사라지고 황량함의 속살을 그대로 내비쳐 삭막하기까지 했다. 밤이 되어 반짝이는 별들의 춤이 아니었다면 정말 아무것도 볼 것이 없는 암흑 자체였다. 그래도 봄이 다가오고 있었다. 다시 아름다워질 날들을 시샘하듯 마지막 추위가 꽤 심술궂었다.

그즈음 옥토끼와 억울이의 경쟁자들이 동네에 나타났다. 그들은 가끔 아이들의 밥그릇을 노리며 어슬렁거렸고, 성깔 있는 옥토끼는 그 패거리를 가만두지 않았다. 앙칼지게 자기 밥그릇을 지키는 것을 보면 괜히 뿌듯하다 못해 상대 고양이들이 불쌍하기도 했다.

그러나 느리고 유순한 억울이는 다른 고양이들을 피해 다니기에 바빴다. 입가에 검은 얼룩이 있어 '어' 자처럼 보이는 '어냥이'와 두 마리 고양이는 활기차게 동네를 돌아다녔고, 셋이 끈끈하게 뭉쳐서는 만만한 억울이를 괴롭혔다.

겨울의 짧은 볕이 머무를 때면 억울이는 마당의 제 집에서 잘 쉬곤 했는데, 한번은 이 셋이 집 안에 있는 억울이를 향해 달려들었다. 일대일도 아니고 셋이 동시에 덤비면 누구라도 뒷걸음질 칠 게 당연하다. 치사한 싸움이었다. 준비 없이 날벼락 맞은 억울이는 밖으로 뛰쳐나와 달아났고, 집 뚜껑이 날아가고 밥그릇도 사료도 사방으로 나뒹굴었다. 사건 현장은 놀라고 무서웠을 피해자의 흔적들이 고스란히 남아 있었다. 나는 그때부터 어냥이 일행을 냥아치로 간주하고 경계했다.

그 후로 억울이는 집 안으로 들어가지 않았다. 집 위에 배를 깔고 조금은 춥게, 얇은 해로 겨울을 덮고 나를 기다렸다. 어냥이 일당이 동네에서 사라지고 난 후에도 억울이는 결코 집으로 들어가는 일이 없었다.

즐거운 나의 따뜻한 집

다친 다리는 한 달이 넘어도 시원찮았고 검진을 다시 받아야 할 것 같았다. 서울까지는 거리가 있어 강화를 벗어나 김포의 제법 큰 전문병원을 찾았다. 왼쪽 발목 두 개의 인대는 끊어져 있었고 그런 채로 움직이다 보니 반갑지 않은 관절염이 시작되어 수술이 필요했다.

내가 집을 비운 사이 두 야옹이의 끼니가 걱정이었지만 일단 그릇마다 가득히 밥을 부어 주고 길냥이들의 생활력을 믿어 보기로 했다.

수술은 잘 끝났지만, 그 불편함은 이제껏 한 번도 겪지 못한 것
이었다. 목발을 짚어야 했고, 실내에서는 휠체어를 타야 했다.
의사 선생님은 2주 이상 입원을 권하셨지만, 핀잔을 들으면서까
지 일찍 퇴원하겠다고 고집을 부렸다.

고양이들도 걱정이었지만 무엇보다 병원 생활이 불편했다. 화
장실 가는 것이 힘들었고, 건너편 할머니의 텔레비전 소리는 어
지러웠다. 내용을 모르고 듣는 드라마의 소리가 무척이나 사나
웠고, 특히 아침 드라마 속 인물들은 왜 죄다 그리 소리를 질러
대는지 모를 일이었다. 저녁을 먹고 난 후 약에 취해 계속 잠이
오는데, 드라마의 인물들이 만만찮게 화를 많이 내는 소리까지
잠에 섞여 정신이 산란했다.

물리치료사 선생님께 속성으로 목발 짚는 법을 배워 부지런히
연습했다. 집에 가기 위해 좀 잘하는 척도 필요했다. 절대로 왼
쪽 발을 땅에 디디지 말라는 당부에 격하게 약속을 하고 나서야
나는 집으로 올 수 있었다.

내가 돌아온 걸 어떻게 알았는지 옥토끼는 간절한 목소리로 나를 불렀고 여전히 느릿한 억울이도 밥을 먹으러 어슬렁거리며 나타났다. "즐거운 곳에서는 날 오라 하여도~". 나는 더 느리게 움직여야 했지만 마음은 고요했다.

집은 옳았다. 살면서 늘 따뜻한 어느 집을 그리워했는데 내게도 머무를 수 있는 나의 공간이 있다는 것에, 돌아올 수 있는 곳이 있다는 것에 마음이 마냥 따듯해졌다.

편안했다.
편안한 것이 또한 더할 나위 없이 편안했다.

클리셰

어른이 된 지금도
그렇고 그런
고전 동화가 좋다.

'그들은 아주 오랫동안 행복하게 살았습니다'

이 한 문장이
아주 진부한 결말이

나는 참 좋다.

헤어질 결심

수술 후에도 일주일에 한 번은 병원에 갔다. 열 번쯤 관절 재생 주사를 맞아야 했는데, 처음 몇 번 주사를 맞았을 때는 약간 가려운 정도였던 게 그 정도가 심해지더니 4주차에는 참을 수 없이 고통스러웠다.

다리는 빨갛게 부어올라, 주름 한 줄 보이지 않게 통통해져 있었다. 빨간 코끼리 다리라 해도 될 만큼 귀여워졌지만 가려움이 문제였다.

어쩔 수 없이 찜찜했던 전에 그 병원을 다시 찾았다. 그래도 가까운 종합병원이라 생각나는 곳이 거기밖에 없었다. 하지만 진

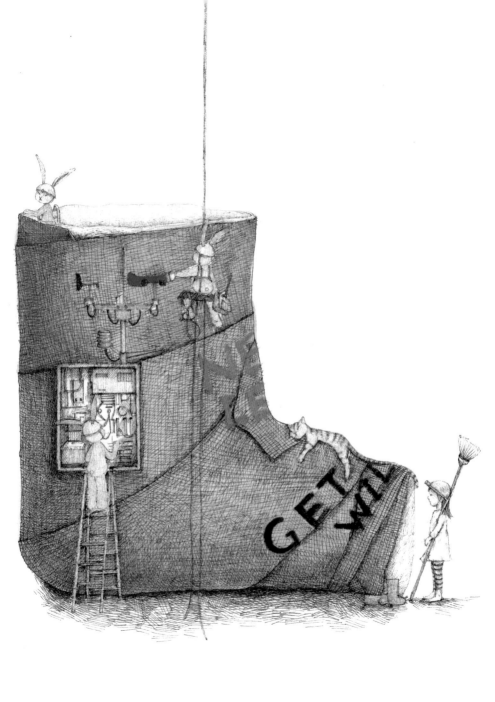

료를 받지 못하고 병원을 나와야 했다. 피부과 선생님이 그만둔 상태이고 언제쯤 다시 올지 모른다는 조금 황당한 말을 들어야 했다. 급한 대로 번화한 읍내의 피부과를 찾아 알레르기 약을 처방 받았다.

일주일이 지나 다시 찾은 병원에서는 더 이상 주사를 맞을 수가 없다고 했다. 선생님께선 이제껏 수많은 환자에게 같은 주사를 놓았지만, 이런 알레르기 반응은 드문 경우라고 했다. 이 주사는 여섯 번째부터 재생 효과가 있는데 아쉽지만 어쩔 수 없다며 재활 치료를 권했다.

어쨌든 덕분에 두어 번 병원을 더 가는 것으로 다리 치료는 끝이 났다. 집 근처에는 재활할 수 있는 병원이 없었고 그렇다고 일주일에 몇 번씩이나 먼 거리를 다니기에도 힘든 일이었다. 대신 차로 15분쯤 걸리는 국민 수영장을 찾는 것으로 나름의 재활을 시도했다.

그때부터였다. 몇 가지 불편함이 쌓여 가고 생각 같지 않았던 시골살이가 다시 서울로 돌아가야 하는 게 아닐까, 하는 마음을 자라나게 하고 있었다.

완전히 회복된 건 아니었지만 목발을 떼고 난 후는 그야말로 다시 태어난 기분이었다. 보조기를 차고 다니는 것쯤이야 아무렇지 않았다. 이제 앉아서 냥이들의 밥 먹는 것도 편안하게 볼 수 있었다.

비가 올 것 같은 날엔 수술한 다리는 바늘로 찌르듯 쑤셔 왔다. 나는 발목에 기상청을 장착하게 된 것이다.

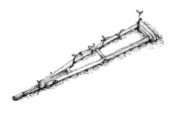

어떡해, 억울이

걷기가 좀 편해지면서 마당을 나가는 일이 많아졌다. 날은 봄에 닿아 있는데 날씨는 겨울에서 떨어지려 하지 않았다. 한낮에 드는 볕을 벗 삼아 쉬곤 하는 억울이가 보이지 않았다. 며칠 만에 나타난 억울이는 머리에 제법 큰 상처를 입고 왔다. 늘 거리를 두고 있는 터라 상처를 자세히 살펴볼 수 없었지만, 조치가 필요하다는 건 알 수 있었다.

동물병원을 찾아 항생제를 구해 볼 생각이었지만 그해부터 법이 바뀌어 직접 동물을 데려오지 않으면 약을 줄 수가 없다고 했다. 전년까지만 해도 얼룩이의 감기로 약국에서 약을 산 경험이 있었는데 그런 사소한 약도 직접 오지 않으면 줄 수 없다고 한다. 이제 길고양이는 아프면 약도 못 먹게 하다니 욕이 절로 나왔다. 억울이를 병원에 데려갈 방법이 없던 나는 고양이를 좀 아는 갤러리 대표님의 조언에 따라 어린이 감기약을 참치에 섞어 주는 것으로 상처가 낫기를 기대할 수밖에 없었다.

날이 조금씩 따뜻해지고 낮의 공기가 많이 데워졌을 무렵, 억울이는 제 집 위에서 힘없이 나를 기다렸다. 밥을 주는데도 움직이지 않아 자세히 보니 한쪽 머리 위에 검은 털들이 짓이겨져 있었고, 상처에선 용암처럼 고름이 새어 나오고 있었다. 끔찍하게 아팠다. 억울이의 고통이 내게 너무 가까이 전해졌다. 감기약은 아무 소용이 없어 보였고 따뜻해지고 있는 날씨가 억울이의 상처를 더 곪게 하는 것 같았다.

끔찍한 상처를 그대로 둘 수가 없었기에 동물 보호단체나 병원들을 검색했다. 시골이라 그런 것들을 찾기는 힘들었고 그나마 다행히 동물을 구조해 준다는 유일한 병원을 겨우 찾을 수 있었다. 병원에 전화해 억울이의 상황을 말하자 의사 선생님은 문자로 주소를 남겨 놓고 고양이가 나타나면 연락을 달라고 하셨다. 이미 밥을 먹고 가 버린 억울이가 언제 올지 초조했는데 몇 시간쯤 지나자 모습을 드러냈다. 재빨리 전화를 걸어 알렸지만 선생님은 자신이 가도 잡을 수는 없다며 병원에 직접 오라는 의아한 답을 했다.

동물병원을 찾은 나는 신분증 사본과 전화번호를 남기고, 여기 저기 모르는 털이 묻어 있는 포획 틀을 가지고 집으로 돌아왔다. 직접 포획해 오라는 건 좀 아니지 싶었지만 달리 방법도 없었다.

가둔다는 것, 갇힌다는 것

약간의 공부를 마친 나는 포획 틀을 설치하러 밖으로 나갔고, 억울이는 자기 집 위에 배를 깔고 밥을 기다렸다. 나는 신중하게 포획 틀을 설치하고 밥그릇을 틀 안으로 밀어 넣고 낡은 이불로 틀을 덮었다. 이제 억울이가 저 안으로 들어가기만 하면 될 일이었다. 그러나 모든 걸 지켜보던 억울이는 나와 포획 틀을 한 번씩 둘러보더니 고개를 돌리고 가 버리는 게 아닌가!

'아, 내가 너무 대놓고 설치했나 보다'. 미안하고 민망한 순간이었다. 포획 틀을 설치하기 전에 굶겨야 한다 해서 아픈 아이를 밥도 못 먹고 가게 한 게 더 마음에 걸렸다.

일주일이 지나도 억울이는 포획 틀 안으로 들어가지 않았고 대신 모르는 고양이 세 마리가 포획되었다. 이제 와서 하는 말이지만 다시는 경험하고 싶지 않은 일이었다. 포획 틀 안에서 공포와 두려움으로 난리 치는 고양이를 풀어 주는 나 또한 다른 공포와 두려움으로 떨었으니까. 〈동물의 왕국〉 이후로 그렇게 빠르게 수풀로 뛰어가는 동물은 본 적이 없었다. 그들은 마치 단거리 달리기 대회에서 금메달이라도 딸 기세로 내달렸다.

포획 틀을 반납하기로 한 날로부터 일주일이 지났지만, 억울이는 여전히 밖에 있었고 나는 병원에 며칠만 더 기다려 달라고 부탁해야 했다. 그리고 약속된 날 아침, 여느 날처럼 옥토끼가 밥을 먹으러 왔을 때, 억울이가 기적처럼 포획 틀 안에 들어가 있는 걸 발견했다. 누군가 갇힌다는 게 그렇게 기쁜 순간이 될 줄을 몰랐다.

밥을 먹다 만 옥토끼는 포획 틀 주변을 맴돌면서 야옹거렸다. 마치 여기 이 친구를 꺼내 주라는 듯 울어 대는 옥토끼에게 잘 설명해 주어야 했다.

서둘러 억울이가 담긴 포획 틀을 차에 실었다. 억울이는 다른 갇힌 고양이들과는 달리 얌전했지만, 문제는 지독한 냄새였다. 차 창을 모두 열어 놓아도 차 안에는 썩은 냄새가 진동했다. 나는 어떤 개그 프로그램의 한 장면처럼 휴지로 두 개의 콧구멍을 막고 운전해야 했다.

병원에 도착했을 때, 의사 선생님께서 처음 한 말은 '이 고양이는 길고양이이니 주인 행세는 하지 마세요' 였다. 그동안 치료비를 내는 주인인 양 구는 사람들에게 시달리다 보니 미리 전한다는 선생님의 당부가 이해는 되었지만, 다소 냉소적인 그 말이 좀 서운했다. 그래도 다 나으면 집 근처에 풀어 준다고 하셨기에 안심하고 집으로 돌아왔다.

돌아오는 동안 차 안에는 '상처의 참담함'을 말해 주는 악취가 아프게 남아 있었다. 그래도 다행이었다. 억울이는 이제 살게 되었으니 말이다.

Story of my cats ···

오늘 기분은 고양이가 정해 줄게요
Dear my cats

#밤하늘 낚시 #초승달 #고양이 #반짝반짝 별

밤에 얼굴이 닿았다

어느 별이 반짝하고 인사를 건네는 밤이면
난초의 씨앗만큼 작았던 마음이 광활해진다.

별것 아닌 미움과 근심이 어둠의 아래로 가라앉고
품 넓은 나만 남아 밤하늘에 얼굴을 부빈다.

살포시 내려앉은 꽃잎 같던
이별도 무겁더라

CHAPTER 2

다하지 못한 안녕은 슬픔으로 내려
그리움을 남기고…

출필고 반필면

억울이가 있던 빈자리는 훨씬 따뜻한 봄볕으로 반짝이며 그를 기다렸다. 여전히 밥 달라 야옹거리는 옥토끼는 한동안 데려오지 않던 낯선 고양이를 또 데리고 와서는 위풍당당 제 몫의 밥을 먹고 갔다. 그런데 웬일인지 옥토끼는 그 이후 며칠이 지나도 나타나지 않았다.

처음에는 억울이처럼 어디 다친 게 아닌지 걱정했고, 마지막에 같이 왔던 고양이를 의심하기도 했다. 친구의 꼬임에 새우잡이 배라도 타러 갔나, 고양이용 옥장판이라도 팔아야 하는 다단계에 넘어간 건가, 이상한 종교단체에 끌려간 건 아니겠지, 털이라도 밀고 마니산 고양이가 되기로 했나······.

이런저런 잡다한 생각이 머릿속을 스쳐갔다.

'어딜 가게 되면 인사는 하고 가야지… 나뭇잎에 몇 자라도 남겼어야지……'

한동안 두 마리 고양이들이 사라진 빈 밥그릇에는 서운한 마음만이 담겨 있었다.

그러나 그것도 잠시, 새로운 고양이가 찾아왔다. 아직 두 고양이의 사료는 넉넉했고 나는 쓸쓸한 그릇에 밥을 채웠다. 공처럼 동그란 얼굴을 가진 아이는 이제 '통키'라는 이름으로 우리 집으로 출근을 시작했다.

통키는 전에 있던 고양이들과 달리 집 앞에 머무르는 시간이 길었고, 앞집 울타리를 넘어오다 기역 자로 꺾인 꼬리가 걸려 주춤하면서 피식 나를 웃게 했다. 꼬리가 짧거나 꺾여 있으면 근친교배로 태어난 고양이라고 하던데 통키가 그런 모양이었다.

🐾 마니산 정상에는 고양이들이 산다. 산을 오르는 사람들이 먹을 것을 주는 덕에 그중 몇몇 고양이는 츄르를 직접 받아먹을 줄 알고 다가와 옆을 맴돌기도 한다. 고양이에게 밥을 주지 말라는 안내문이 있지만, 막상 얼굴을 보고 내려오면 다음에 마니산에 오를 때 가방에 사료를 넣어 갈 수밖에 없다.

🐾 어미의 배 속에서 영양이 부족했거나, 근친교배, 그 밖의 사고로 꼬리가 휘거나 짧아진다고 한다. 물론 꼬리가 짧은 '밥테일', 꼬리가 없는 토끼 고양이라고 불리는 '맹크스 고양이'도 있다.

봄이 완벽해지고

통키가 온 지 두어 달이 지나가고 있었다. 처음의 불안은 사라지고 뭔지 모를 자신감에 차 있던 통키는 집 앞을 이리저리 뛰어다녔다. 날은 알맞게 따뜻해졌고 주변의 산과 논밭은 푸르름으로 옷을 갈아입었다. 봄이 완벽해지고 있었다.

통키가 밥을 먹을 때마다 옥토끼의 행방이 궁금했고, 입원한 억울이가 생각났다. 억울이를 보러 가고 싶었지만 억울이를 입원시킬 때 주인 행세 말라던 수의사 선생님의 말 때문에 눈치가 보일 수밖에 없었다. 그래도 용기를 내어 지나가다 들렀다고 병원을 찾아가기도 하고, 또 간식을 주려고 왔다는 핑계를 대며 안부를 물으러 가기도 했다.

의사 선생님은 수술은 잘 되었지만, 상처가 심각해 치료 기간이 길어질 거라는 말과 머리에 배 포장지 같은 것을 씌워 놓았다고 얘기만 해 줄 뿐, 억울이를 직접 만나게 해 주지는 않았다. 이럴 줄 알았으면 치료비를 내고 억울이의 보호자로 당당하게 병원에 다닐 걸 그랬다 하는 생각이 들었다.

고양이들에게 딱 좋은 계절이 되어 산으로 들로 뛰어다니기에도, 배를 채우고 하염없이 낮잠을 자기에도 좋은 날들이었는데 내가 뭔가를 잘못한 게 아닌지 죄책감마저 들었다. 하지만 내가 할 수 있는 일은 억울이의 치료가 끝나 방사한다는 연락과 옥토끼가 돌아와 밥 달라고 야옹 하기를 기다리는 것뿐이었다.

완벽해지는 봄, 다분히 쓸쓸해진 마당 위로 내려오던 봄볕은 할 일을 잃어 또한 쓸쓸해지는 것 같았다. 다행인지 그즈음 나는 매일 서울로 나갈 일이 있어 서운해하는 봄볕을 볼일이 거의 없는 늦은 귀가를 해야 했다. 한 달을 넘게 서울로 출근 아닌 출근을 하고 있었다. 길은 멀었고 매일 반복되니 더 멀게 느껴졌다.

달님과 촉촉한 별들만이 깨어 있는 시골의 밤,
우편함 위에서 쓰윽 고개를 내미는 통키의 기다림이
귀여운 위로가 되는 봄이 깊어지고 있었다.

아빠 어디 가?

밤을 달려 아빠에게 가고 있었다. 중간에 화장실에 가지 않았다면 나는 아빠에게 마지막 인사를 할 수 있었을지도 모른다.

신호등 몇 개를 두고 병원이 눈앞에 보이는데, 휴대폰 너머로 간호사님이 아빠가 돌아가셨다는 말을 전해왔다. 고작 5분이었는데, 내가 매일 매 순간 버리고 있는 그 5분이 모자라 아빠에게 안녕을 전할 수가 없었다.

강화에 살지 않았다면 광주로 가는 길이 더 짧지 않았을까? 하는 부질없는 생각도 들었다.

코로나가 끝나지 않은 때였기에 보호자가 병실로 갈 수 없었고 나는 병원 로비에서 아빠를 마주해야 했다. 야위고 마른 아빠의 몸은 아직 따뜻했고 얼굴은 평온했다. 딸이 오는 중이라는 말에 끝까지 버티셨다는 이야기를 들으니, 눈물에 눈물이 더해졌다. 나는 여전히 따뜻한 아빠의 손을 꼭 쥐고 "아빠 너무너무 고생했어"라고 말했다. 그 말을 몇 번이고 몇 번이고 되뇌었다.

아빠의 삶은 고단했다. 매일 부지런하게 살았음에도 가난했고 고요한 듯 요동쳤다. 아빠만이 스스로 가난하다는 것을, 흔들리는 삶이었다는 것을 몰랐던 것 같다. 나는 할머니의 그늘에서, 자꾸 어디론가 떠났다가 한참 만에 나타나는 젊은 아빠와 매일 부지런히 일하고 부지런히 술에 취해 있는 나이 든 아빠를 보고 자랐다.

아빠에게는 막걸리가 유일한 친구이자 동반자였다. 착한 우리 아빠는 그 '친구'로 인해 좋은 아빠가 될 수 없었다. 정확히 말하자면 나를 사랑하는 것이 분명한 아빠는 좋은 아빠가 되는 법을 몰랐고 삶을 어떻게 살아야 하는지 알지 못했던 것 같다.

AND THEY
LIVED
HAPPILY
EVER
AFTER

요양병원에 몇 년이나 계시던 아빠는 자신의 상태를 정확히 인지하지 못한 채 내 얼굴만 보면 "이제 여수로 가자, 집으로 가자" 하셨는데 생을 마치는 길 끝에서 그곳으로 가게 되었다. 복닥거리고 살았던 친척들과 나의 오랜 고향 친구 몇 명만이 장례식장을 찾았다. 정말로 아빠의 지인이라고는 아무도 없었다.

상 위에 올려진 막걸리만이 아빠를 위로할 뿐. 쓸쓸한 장례식장은 아빠의 삶이 어떠했는지, 얼마나 외롭고 고단했을지 걸쭉하고, 탁하게 이야기하고 있었다.

소풍이라도 가기에 알맞게 좋은 날이었다.

구름이 예쁘게 떠다니는 맑은 하늘과
초록초록한 나무와 풀들이
특히나 아름다운 여수의 봄은 아빠가
멀리 여행 가기에 너무나 다행한 날이었다.

상속자들

아빠가 세상에 존재하지 않는다는 증명의 몇 가지 서식을 신고해야 했고, 몇 년 동안 비어 있던 아빠의 집도 정리해야 했다. 작고 낡은 아파트는 아빠가 모아 둔 온갖 잡동사니와 짐들로 넘쳐나 치우기 버거웠을 텐데, 고모와 삼촌은 오히려 내가 보면 속만 아프다고 들여다보지 못하게 했다.

막걸리를 친구로 둔 아빠에게는 다행히 정 많은 여동생과 남동생이 있었다. 고모와 삼촌은 광주에서 아빠를 내내 들여다봐 주셨고 그의 잡스러운 짐도 떠나보내 주었다.

여수에서 다시 강화로 올라오는 길 위에 줄곧 아빠가 있었다. 당신처럼 마르고 야윈 아빠의 삶을 들여다보며, 마지막 일 년을 영양 줄로 연명했던 것을 생각하니 속이 쓰렸다. 그 좋아하시는 막걸리 한잔도 못 드시고, 파킨슨으로 걷지도 못하고 한쪽 다리가 굽은 채 길 떠나는 아빠가 애잔했다.

아빠는 유산으로 총 230만 원과 나라는 미완성의 딸을 남겼다. 아빠라면 그랬을 것 같아 아빠의 유산은 예뻐하던 고모의 딸과 삼촌들에게 조금씩 나눠 주었다. 그리고 나는 정식으로 강화의 집을 부동산에 내놓았다.

그해 봄은 바빴으며 한참을 쓸쓸해했던 것 같다.

돌아온 까칠함

아빠를 보내고, 웬만한 바쁜 일도 지나가고, 매일 서울로 가야하는 번거로움도 끝이 났다. 그렇게 강화도의 일상으로 돌아왔을 즈음 옥토끼가 나타났다. 마치 어제도 왔던 것처럼 익숙하게 밥을 달라 얼굴을 내민 옥토끼가 너무 황당했지만 반가웠고, 무사함에 안도감이 들었다.

약간의 변화가 있다면 좀 더 까칠해져서는 밥을 주는데 한 번도 하지 않았던 하악질을 한다는 것과, 늘 느긋하게 밥을 먹던 아이가 누구보다 재빨리 밥을 먹고 사라진다는 것이었다.

옥토끼의 등장이 나로서는 마냥 반가웠지만 통키는 그렇지 않은 모양이었다. 통키는 잔뜩 화난 소리로 옥토끼를 경계했고, 영역 밖으로 몰아내고 싶어 하는 것 같았다. "엄밀히 따지면 너의 선배이니 잘 지내보라"고 설명해 줘도 옥토끼가 나타나면 사납게 울어 댔다. 막상 덤비지도 못하면서 몸을 세우고선 신경질을 부렸다.

그렇게 벼르던 통키는 내가 밥을 준비하는 사이에 옥토끼에게 돌진하고 말았다. 하지만 젊은 통키의 '무모한 용기'가 내 뒤에서 울어야 하는 '서러움'으로 바뀌는 데는 1분이 채 안 걸렸다. 노련하며 날렵한 옥토끼의 펀치에 통키는 한 방에 나가떨어졌다.

그렇게 두 번 싸움을 걸고 패한 통키는 옥토끼를 피해 밥상에서 멀어져 갔다. 통키의 입장에선 자신이 마당의 주인이었는데 어느 날 나타난 적에게 마당을 뺏긴 것이 적잖이 억울했을 것이다. 하지만 옥토끼는 그런 통키를 신경 쓰지 않았다. 빠르게 밥을 먹고 더 빠르게 사라지기 바빴으니까……

작은 전쟁이 있었지만, 집 앞은 따스한 봄볕과 돌아온 옥토끼로 인해 그 쓸쓸함이 서서히 데워져 가고 있었다.

남녀를 구분하는 법

날이 더워지니 마당의 잔디가 각종 잡초와 뒤엉켜 점점 야산으로 변해가는 중이었다. 하는 수 없이 풀을 뽑고 잔디를 깎아야 했다. 몇 번을 잘라 줘도 금세 자라나는 풀들과 잔디를 보면서 나는 '나의 로망'에서 잔디 마당을 삭제했다. 옆집의 잔디 깎는 기계를 부러운 눈으로 보면서 힘겨운 가위질로 겨우 우거지지 않을 정도로만 풀을 다듬었다. 집 주변으로 무섭게 우거진 잡초 제거를 내일 또 내일로 미루며 여름을 맞았다.

그 여름의 시작에 옥토끼가 이상한 행동을 했다. 밥을 먹다 사라지고 다시 오고를 반복하는 게 이상해서 옥토끼가 가는 방향을 보고 있는데 아주 귀여운 아이들이 '뿅뿅뿅' 나타났다. 윗집의 사잇길로 꼬물거리며 옥토끼를 따라서 왔다갔다 하는 아기 고양이들이 너무 귀엽고 반가웠다.

그제야 나는 옥토끼가 암컷이었다는 사실을 알았고, 옥토끼가 한동안 집에 오지 않은 까닭과 서둘러 밥을 먹고 사라진 이유를 알 수 있었다.

옥토끼는 새끼들에게 이 집에서 밥 먹는 법을 알려 주고 싶어 하는 것 같았지만 육아가 그렇게 만만하지는 않은 모양이었다. 아기 냥이들은 멀찍이서 엄마를 기다렸고 옥토끼는 밥그릇 가까이 새끼들을 데려오려고 부단히도 애를 쓰고 있었다.

햇볕이 작정하고 뜨거워진 오후, 옥토끼가 밥을 먹으러 왔다가 다시 가기를 반복했다. 그즈음 나는 옥토끼가 올 때마다 뒤에 있을 아기 냥이들을 찾기 바빴다. 귀여운 그것들을 제대로 보고 싶었고 차오르는 궁금함에 자꾸 옥토끼에게 새끼들을 데려오라고 말을 걸었다.

어느 날은 윗집의 차 밑에서 세 마리 새끼 고양이가 볕을 피해, 사람을 피해 옹기종기 있었다. 옥토끼는 그런 아이들에게 사료를 물고 가서 먹이고 있었다. 그렇게 땡볕에서 몇 번을 왔다갔다 하던 옥토끼는 지쳤는지 가쁜 숨을 쉬며 밥그릇 옆에서 나를 올려다보았다. 내가 시원한 물을 떠다 주자 한참을 들이켰다.

엄마가 된 옥토끼가 기특하면서도 안쓰러웠다. 새끼 고양이들
은, 더위에 밥을 나르느라 지친 엄마의 속도 모르고 여전히 그릇
가까이에는 오지 않은 채 이리저리 뒹굴면서 천진하게 장난만
치고 있었다.

그날 나는 엄마가 되어 홀쭉해진 옥토끼를 위해 8호 닭을 삶았
고, 우유도 사다 놓았다.

🐾 아무것도 모르고 일반 우유를 주던 나는 고양이를 키워 본 경험 있는 똑똑
한 동생에게서 우리가 먹는 우유에 유당이 있어 고양이에게 주면 안 된다
는 걸 배워 펫밀크를 구매했다. 특히 새끼 고양이는 '락토스'라는 성분을
소화할 수 없는 유당불내증이 있어서 구토 설사를 할 수 있다고 한다.

산다는 것

옥토끼는 통키를 경계했고, 기가 죽은 통키는 집 앞이 아닌 집 옆 그늘에서 조금은 서글프게 밥을 먹었다.

옥토끼는 아이들의 안전을 위해 사나워져 있는 것 같았다. 우유 는 확실히 효과가 있었고 새끼 고양이들은 이제 주춤주춤 밥을 먹으러 집 앞으로 다가왔다.

내가 보이면 토끼인 양 깡충거리며 도망가기에 바빴지만 결국 어미 옥토끼의 노력 끝에 새끼들의 집밥 먹이기는 성공했다. 그 제야 나는 새끼 고양이들을 가까이에서 볼 수 있었다. 옥토끼를 그대로 닮은 고등어 태비, 온통 까만 블랙 캣, 검정과 황토색이

섞인 카오스 냥이까지 다양한 생김새의 새끼를 대동하고 위풍 당당 옥토끼는 매일 밥그릇을 향해 왔다.

옥토끼의 노력 덕분에 새끼 고양이들은 제법 힘이 생겼고 느렸지만, 아작아작 소리를 내며 먹는 양도 늘어 갔다.

고등어 무늬 아이는 밥을 먹을 때면 눈에 잔뜩 힘을 주고, 욕심을 가득 실은 작은 양손을 밥그릇에 턱 얹어 놓고는 다른 두 냥이들을 가로막고 우걱우걱 심술궂은 소리를 내며 먹었다. 그것은 매우 불편한 식사로 보였지만 결코 자세를 흐트리지 않은 채 불굴의 의지로 양껏 먹고 물러났다. 처음에는 머리를 들이밀던 나머지 두 새끼 고양이는 그 기세에 눌려 뒤로 물러나 자신들의 차례를 기다리고 있었다.

성질까지 엄마를 닮은 제법 똑똑해 보이는 이 아이는 '조조'가 되었고, 검정과 황토색으로 세련된 누더기 무늬의 아이는 '덕희'가 되었다. 조금 더 작고 마냥 온순했던 밤을 닮은 아이는 '포우'가 되어 그들이 자라는 모습을 내가 곁에서 볼 수 있게 해 주었다.

먹는다는 것이,
산다는 것이 되는 항등식은
모든 생명이 똑같이 부여받는 숙제임을
나는 열심히 밥을 먹으러 오는
고양이들에게서 읽고 있었다.

온 힘을 다하여 이별하기

옥토끼는 새끼들과 함께 집 뒤편의 논을 건너 그 어디쯤으로 집을 옮겼다. 그렇게 되자 나는 설거지를 하며 부엌 창을 통해 논두렁을 가르며 뛰어오는 옥토끼와 아이들을 잘 볼 수 있게 되었다.

천년만년 다정할 것 같았던 옥토끼는 새끼 고양이들이 스스로 밥을 먹으러 올 때부터 화가 많은 엄마가 되어 갔다.

늘 양보했던 밥그릇도 먼저 차지했고 밥을 먹는 덕희의 머리를 때려 그릇에 얼굴을 처박아 버리기도 했다. 또 새끼들과 떨어져 있는 시간을 점점 늘려 가더니 세 아이를 두고 혼자만 집을 옮겨 사라지고, 때가 되면 혼자서 밥을 먹으러 왔다.

자연스럽게 새끼들의 밥그릇은 집 뒤쪽에 새로 마련해 주었고, 옥토끼는 자신이 먹던 집 앞으로 와 서로 겸상하지 않게 되었다.

새끼 고양이들은 이따금 마주치는 옥토끼가 반가워 다가갔지만, 옥토끼는 모르는 척 곁을 주지 않았다. 특히 눈치 없이 엄마를 쫓아다니던 덕희는 한 번씩 옥토끼의 펀치를 맞았고, 다음 날이면 또 해맑게 옥토끼에게 다가가곤 했다.

이제 분리의 시간이 온 것 같았다. 고양이의 세계를 모르는 나는 갑자기 너무 든든했던 엄마가 저러면 맘이 다치지 않을지 생각했다. 무슨 이별에 저리 온 힘을 다하는지 인간인 나는 도무지 알 수가 없었다.

밥값은 오백 원, 줄 서는 식당…

나는 뒤늦게 가끔 옥토끼가 집 주변을 한 바퀴씩 돈다는 것을 알게 되었다. 시간이 맞지 않아 자신의 밥그릇이 비워졌을 때도 옥토끼는 자기 새끼들인 조조 형제들의 밥그릇엔 입도 대지 않았다. 딱 한 번 아이들의 아빠로 보이는 검은 근육 고양이를 데려와 아이들의 밥을 먹게 해 준 것을 빼고는 그냥 아이들의 자리를 훑어보고 길을 돌아 집 앞으로 왔다. 그리고 나에게 밥을 달라고 야옹거렸다.

갑자기 분리된 아이들에게 첫 참치를 준 날, 난생처음 그 맛을 본 조조는 더 커진 '크앙크앙' 소리와 함께 늘 그렇듯 밥그릇에 양손을 턱 올리고선 우걱거리며 먹었다.

"덕희랑 포우랑도 나눠서 먹어야지." 아무리 달래 보아도, 아무 것도 들리지 않는 것 같았다. 조조는 그렇게 격한 식사를 마친 후 의자 위에서 그루밍을 하다가도 남은 아이들을 위해 올려 둔 참치가 보이면 다시 와 처음 먹는 것처럼 참치만 골라 먹었기에, 그날 덕희와 포우는 참치의 참맛을 알 수가 없었다.

그해 봄, 새끼들을 낳은 것은 옥토끼뿐만이 아니었다. 집 앞 데크에 고양이 부부가 세 마리의 새끼 고양이를 데리고 나타났다. 계획대로라면 더 이상의 빈 자리는 없었는데 어린 새끼들을 생각하니 못되게 쫓아 버릴 수가 없었다.

이미 정이 든 조조, 덕희, 포우를 우선할 수밖에 없었지만, 옥토끼와 통키 그리고 '조덕포'가 먹고 나면 그들에게도 밥을 주었다. 약간 볼품없이 생긴 엄마 고양이는 눈치를 보면서도 집 앞을 떠나지 않았고 옥토끼와 달리 제법 늦게까지 수유했다. 큰 덩치에 검은색 털이 많은 아빠 고양이는 생각보다 유순했고 먹을 순서를 기다렸다.

두 내외를 반씩 닮은 세 마리 새끼 고양이들은 까만 무늬에 흰 양말을 신고 있어서 자연스럽게 양말의 길이순으로 '양말일', '양 말이', '양삼'이 되었고, 유순한 아빠 고양이는 '코붕이'가 되어 집 앞 데크 아래서 상주했다. 바가지를 씌워 머리를 잘라 놓은 듯 딱 떨어지는 검은색 모자를 쓴 것 같은 헤어스타일을 한 온순한 고양이가 나타나 '호섭'이라는 이름이 생긴 것도 그즈음이었다.

처음 잠깐은 밥그릇 싸움이 있는 듯했지만, 생각보다 고양이들은 똑똑했고 금방 정리가 되었다. 양말이들은 내가 나타나면 데크 아래로 숨어 버리는 탓에 얼굴 보는 것이 쉽지 않았다. 갑자기 식구가 늘어난 덕에 대용량 사료의 주문 주기는 빨라졌고 배식 시간도 그만큼 길어지고 있었다.

맛집에 늘어선 줄처럼 차례를 기다리는 이 많은 고양이가 밥을 먹고 오백 원씩만 내고 갔으면 좋겠다는 바람이 절로 드는 날들이었다.

돌+냥이

날은 더운데 점잖지 못한 고양이 한 마리가 마당을 들쑤시고 다녔다. 어미로 보이는 고양이가 걱정 어린 눈빛으로 이 점잖지 못한 고양이의 뒤꽁무니를 안절부절 따라다녔다.

새로 나타난 새끼 고양이는 다른 냥이들의 밥그릇을 헤집고 다녔고 마당의 구석구석에 자신의 주체하지 못한 호기심을 묻히며 모든 밥그릇의 밥을 맛보며 돌아다녔다.

그렇게 며칠을 어린 고양이는 집 앞으로 찾아왔고, 그런 새끼 고양이 옆에서 어미 고양이는 밥 한 톨 입에 대지 않은 채 지켜보고만 있었다. 다른 날은 아빠로 보이는 고양이가 따라와 전에 엄

LIFE IS JUST A BOWL OF CHURU

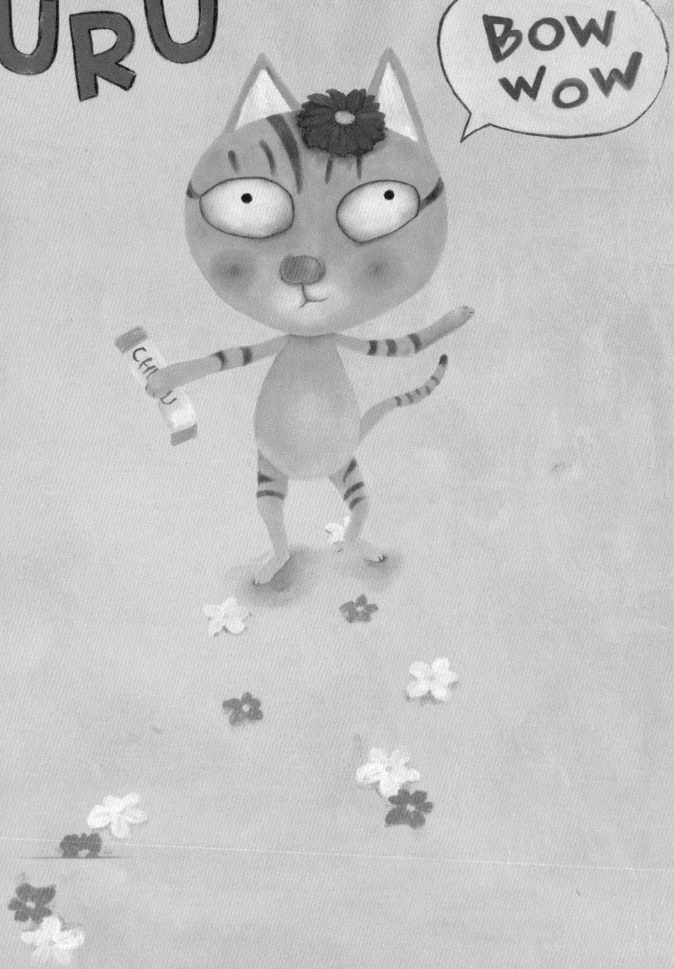

마가 그러듯이 옆에 앉아 자신의 새끼가 밥을 먹는 것을 보고만 있었다.

이렇게 과잉보호 받는 고양이는 처음이라 유별나다고 생각했다. 며칠 뒤 그 고양이는 보호자 없이 홀로 나타나 해맑게 야옹거리며 얼굴부터 들이밀고 밥을 내놓으라 보채기 시작했다. 작고 예쁜 얼굴에 초콜릿색 코가 귀여운 아이는 그렇게 '쪼코'가 되었다.

새로운 고양이가 등장하면 늘 그랬듯 보이지 않는 서열 정리가 되게 마련이다. 내가 순서대로 밥을 주면 자연스럽게 그렇게 되거나, 옥토끼가 그 성질머리로 '냥 펀치'를 날려 쉬이 서열이 정리되곤 했다. 그런데 쪼코는 좀 달랐다. 서열이고 뭐고 아무 데나 들이대고 자신이 먹고 싶은 그릇의 밥을 먹었으며, 반은 강아지처럼 나를 따라다녔다. 다른 고양이들과 다르게 가르쳐 준 적도 없는데 츄르를 직접 받아먹는 우리 집 최초의 고양이가 된 것이다.

그런 쪼코를 성깔 있는 옥토끼가 가만둘 리가 만무했다. 그날도 여기저기 밥을 먹는 고양이들의 그릇을 돌며 밥을 탐내던 쪼코가 겁도 없이 옥토끼의 식사를 방해했고, 여지없이 옥토끼는 쪼코에게 털 방망이를 휘둘렀다. 순간 왼쪽으로 고개가 꺾인 쪼코는 아무 일도 일어나지 않았던 것처럼 고개를 바로 하고 다시 밥을 먹었다. 당황한 옥토끼의 동그란 눈은 더욱 동그래져 '얘는 뭐지?' 하는 표정으로 쪼코가 밥 먹는 것을 쳐다만 볼 뿐이었다.

그 후로 옥토끼는 쪼코가 무엇을 하든 상관하지 않았다. 쪼코는 다른 덩치 큰 어른 고양이들의 기세에 밀리지 않았고 '어쩌라고' 식의 태도로 자신이 하고 싶은 것을 다 하고 돌아다녔다. 단숨에 아무도 건들지 않는 작은 '돌아이'가 되어 앞마당을 런웨이인 양 당당하게 활보하고 다녔다.

Story of my cats

오늘 기분은 고양이가 정해 줄게요
Dear my cats

#풀밭 #온화한 저녁 #간지러움

간지러움

．

봄바람에 날리는 꽃가루가,
망막에 닿은 온화한 햇빛이,
붉게 매운 요리의 한 김이,
깊은 밤을 흐르던 윤기 나는 음악 소리가,
어깻죽지를 비집고 나온다던 날개에 대한 상상이,
그것 때문이 아니었다.

사람들의 작은 이야기들이
나를 내내 간지럽히고 있었다.

네가 있어
행복이 햇살처럼 스며들어

CHAPTER 3

관계:
상처받지 않을 만큼의 거리

외모지상주의

가을이 시작될 무렵, 나는 봄에 못 한 분갈이를 하느라 마당 한 편에서 흙 놀이를 준비했다. 지난겨울 냉해로 떠나보낸 식물들이 뼈아파 빈 화분에 새 식구도 들이고, 겨울을 견뎌 낸 초록이들을 새집으로 옮길 참이었다.

내가 밖으로 나오자, 어디선가 숨 가쁘게 달려온 쪼코가 '응앙응앙' 소리를 내며 따라다녔고, 집 뒤편 논에는 길쭉이 자란 통통한 벼들 사이로 '조덕포'들이 뛰어다니고, 앞편에선 양말이들의 엄마가 새끼들에게 수유하고, 덩치 큰 코붕이는 그늘진 의자 밑에서 가족들을 향해 앉아 슬며시 졸고 있었다.

오래된 분을 뒤엎어 새 흙으로 바꾸며 멀리 있는 화분을 옮기느라 자리를 비운 사이 호기심 많은 쪼코는 화분의 냄새를 맡고 이리저리 건드려 보고 있었다. 다행히 큰 사고를 치지는 않았지만 내 곁에 앉아 이따금 제 손을 핥고 있는 것을 보자니 손가락 선인장이라도 만진 모양이었다. 몸을 구르며 앵앵거리다가도 따가운지 자꾸만 손을 핥는 모습이 귀여워 츄르 하나를 꺼내 주었다.

구석에서 그걸 보고 있던 통키는 츄르를 받아먹을 용기는 내지 못하고 밥을 달라 신호를 보냈다. 집에 오는 모든 고양이 중에 그때는 쪼코가 가장 사랑받는 고양이처럼 보여질 수밖에 없었다. 만질 수는 없었지만, 경계심이 훨씬 적은 쪼코는 츄르나 간식을 직접 받아먹었다.

가까운 거리 덕에 더 많은 눈 맞춤을 하고 적잖은 잔소리와 이야기를 나눌 수 있었기에 더 친해질 수 있었다. 작은 체구에 귀엽게 생긴 얼굴로 친밀하게 들이대는 쪼코가 조금 더 예쁜 것도 사실이었다. 밥을 줄 때면 '쪼코야~' 하고 제일 먼저 이름을 부르게 되고, 그럴 때마다 어디선가 틀림없이 나타나는 쪼코의 얼굴이 어여뻐 내가 다분히 외모지상주의자라는 걸 깨닫는 순간이었다.

줄을 서세요!

가을비가 하늘을 깨끗이 청소하고 간 오후, 드문드문 오던 통키
가 밥을 먹다가 배부터 머리까지 웨이브를 만드는 몸짓을 몇 번
하더니 먹은 것을 다 토해 냈다.

내가 많이 놀라지 않았던 것은 얼마 전 본 영상 때문이었다. 영상
속에서 집고양이가 새 식구로 집에 들어온 길고양이에게 다가가
냄새를 맡으며 인사를 나누는 듯하더니 돌아서서 배부터 꿀렁꿀
렁 웨이브를 서너 번 하고 방바닥에 토해 버리는 것을 봤기 때문
이었다. 통키의 꿀렁임도 그래서라고 한눈에 알아볼 수 있었다.
이래서 아는 만큼 보인다는 것인가 하는 생각도 잠시, 영상 속 고
양이는 냄새 때문에 비위가 상해 그랬다지만 통키는 왜?

조금, 아니 많이 망설이다 통키의 토사물을 살펴보았다. 바닥이 비에 젖은 상태라 처참하지 않을까? 했는데 자세히 보니 종이 죽을 뱉어 놓은 것이다. 그런데 다음 날 쪼코에게도 똑같은 일이 일어났다. 종이 죽을 자세히 보니 작은 닭 뼈 같은 것들이 섞여 있었다. 어느 집에서 닭을 먹고 그 뼈를 종이에 싸 버렸는데 통키와 쪼코는 황홀한 닭 냄새에 그것들을 통째로 먹어 치웠던 것 같았다.

밥을 안 주는 것도 아니고 종이 죽 공예를 할 것도 아니면서 왜 그런 걸 먹고 다니는지 좀 잔소리를 하다 보니 혼자 화가 나서 나는 다양한 간식을 주문했다.

작게 포장된 닭가슴살, 고등어, 다랑어, 참치 등등이 집으로 날아오고, 고양이들의 반짝이는 눈도 날아다니며 밥을 줄 때가 되면 그릇으로 더욱 진취적으로 달려들었다. 간식이라 하루 한 번씩만 줄래도 그 맛을 알아버린 쪼코의 간절한 울음이 꼭 한 개를 더 주게 만들었다.

나는 얼마 전 아빠의 유산을 받은 상속자인지라 한동안 우리 집 고양이들은 맛있는 간식을 충분히 먹을 수 있었다. 다행히 그 후로 꿀렁거리는 냥이들을 보지 않아도 됐지만 한 부대쯤 되는 고양이들이 줄 서는 모습을 자주 보아야 했다.

변화의 계절

세 다리에는 발목까지 오는 흰 양말을, 뒷다리 하나에는 긴 흰 양말을 신은 것 같은 무늬를 가진 코붕이는 큰 덩치와 다르게 유순했다. 마치 코라도 흘릴 것 같이 생긴 순한 얼굴의 코붕이는 아무와도 싸우지 않고 마냥 양보하며 자기 가족들과 함께하는 책임감 있는 아빠이기도 했다.

인간의 눈으로 보자면 고단해 보이는 양말이들의 엄마와 그렇게 다정해 보이지는 않았지만, 이 부부는 늦게까지 수유했고 분리될 시간이 넘었음에도 새끼 고양이들의 곁을 지켰다. 그에 비해 새끼들을 이르게 분리한 옥토끼의 배가 심상치 않았다.

옥토끼의 불러오는 배를 보며 제발 이번에는 한 마리만 낳기를 기도하는 나도 조금은 길고양이들을 알아 가는 중이었던 것 같다.

윗집 아저씨는 내가 밥을 계속 주니 고양이들이 모여드는 게 아니냐며 약간은 거친 불만을 토로했다. 애써 그 말을 모른 척했지만, 한밤중에 아기 울음소리를 내며 울어 대는 통키 때문에 편치 않은 며칠 밤을 보냈다. 그 또한 담장 위에서 울어 대던 억울이를 경험한 터라 통키의 발정기임을 짐작할 수 있었다.

발정기가 되면 고양이들은 불안해지고 그 고통이 출산과 같은 것이라고 하던데 통키는 며칠을 그런 불안한 고통 속에서 성묘가 되고 있었다.

슬프게도 통키는 인기가 없었다. 동글동글 귀여운 착한 아이였는데 꼬리가 휘어져 있어서인지 다른 고양이들이 놀아 주지 않았다. 싸움을 잘하지도 못하고 성격까지 소심해 집 앞 고양이들과 어울리지 못한 채 한편에서 조용히 밥을 먹고 사라지곤 했다.

어떤 것에도 편견 없는 아직 어린 쪼코만이 통키에게 곁을 내주며 가끔 놀아 줄 뿐이었다.

사랑받으면 생기는 힘

어느새 가을은 무르익을 대로 익어 자연이라 불리는 곳곳을 채우고 땅의 빈틈이 보이지 않게 대지가 풍성해지고 있었다.

다른 날보다 좀 일찍 뒤편의 '조덕포'에게 밥을 주러 갔다가 늘 맨 먼저 나타나는 조조 대신 멀찍이 밥을 기다리는 덕희를 보았다. 잘 익은 벼만큼 노란 덕희의 얼룩 무늬가 헤드폰 같아 '텔레마케터가 꿈이냐?'며 실없는 농담을 던지고는 조조의 식탐에 참치 한번 제대로 먹지 못한 게 생각나 냉큼 참치를 꺼내 밥 위에 얹어 주려던 찰나였다.

순식간에 다가온 덕희가 이전에는 볼 수 없었던 민첩하고 빠른 움직임으로 참치를 덜고 있는 나무 숟가락을 물고 논 사이로 달아나 버렸다. 잠시만 기다리면 그릇 위에 참치를 소복이 쌓아 줄 텐데 덕희는 그 시간마저 참을 수 없이 급했나 보다.

자랄 만큼 자라 있는 논 사이로 들어가 버리면 아이들을 볼 수 없었지만 사각사각 일렁이는 벼의 물결을 보면 대충 고양이들의 위치를 알 수 있었다. 와이파이 같은 벼의 파도가 신호를 보내고 있는데도 덕희와 포우는 벼 숲 안에서 자신들이 꼭꼭 숨었다고 생각하는 것 같았다.

대낮에 숟가락까지 훔쳐 가는 귀여운 대범함과 참치에 대한 간절한 식욕을 고려하며 밥그릇에 참치를 가득 올려 두고, 앞 편 아이들의 그릇에도 사료에 참치까지 얹어 주고 집으로 들어가려는데 잘 먹고 있던 쪼코가 굳이 뒤편으로 달려가는 것을 보았다.

몇 번 다른 아이들의 밥그릇을 탐하다 혼이 났었는데도 그즈음 쪼코는 자기 밥을 두고도 '조덕포'의 그릇을 넘봤다. 혼이라도 내려고 뒤로 가 보니 겁을 먹고 도망가는 덕희의 목을 물어 버리는 게 아닌가. 놀란 조조와 포우도 덩달아 벼 숲으로 들어가고 나는 쪼코를 불렀다. 내가 쪼코를 너무 오냐오냐 했던 게 아닌지 덕희에게 미안했다.

사랑받는다는 건 그런 힘을 가지게 하는지도 모른다. 작은 체구에도 자신이 호랑이라도 된 양 자신감을 장착하게 해 주는 것. 어쩌다 쪼코에게 그런 힘이 생겨 아무것도 무섭지 않게 되었는지… 한편으로 자신도 사랑받고 있다는 걸 잘 모르는 덕희가 가여워졌다.

뒤로 가는 길에 펜스라도 쳐야 하나 잠시 고민하는 사이 집 뒤편에서 무서운 기계 소리가 났다. 뒷문을 열어 보니 추수를 시작한 트랙터 소리였다. 벼는 금세 잘려 논이 비어 갔고, 나는 그 끝에 살고 있는 '조덕포'와 논에서 낮을 보내는 그들의 안위가 걱정되었다. "조조야, 덕희야, 포우야" 불러 보지만, 아직 가까이 오지도 않는 아이들이 달려올 리 만무했고, 당황함에 걱정이 더해졌다.

군대 가기 전 어느 병사의 머리처럼 깨끗하게 잘린 논을 보고 있자니 어디에도 보이지 않는 아이들 생각에 마음이 황량했다. 몇 걸음 떨어진 곳에 덕희가 물고 간 나무 숟가락이 트랙터 바퀴 자국 위로 허리가 부러져 놓여 있었다. 몇 번을 불러 보아도 아무도 나타나지 않았다.

그날 덕희는 참치 한 스푼을 먹고는 쪼코에게 목을 물리고, 자기 집과 놀이터를 잃어버리는 묘생에서 가장 힘든 하루를 보냈다.

그래도 여기가 나을 거야

벼가 베어진다는 것을 왜 생각하지 못했을까? 너무 당연한 것을 미처 생각하지 못했다.

중간쯤에 응응거리는 쪼코에게 츄르를 한 번 줬어야 했지만, 그날은 주지 않았다. 늦은 밤 혹시나 하는 마음에 뒷문을 열어 보니 조조가 와 있었다. 힘겨운 그들의 하루를 안아 주고 싶었지만, 골고루 간식을 올려 주는 것밖에 해 줄 것이 없었다.

조조가 한참 밥을 먹고 있을 때 잔뜩 겁을 먹은 덕희도 나타나 주었다. 밥을 먹는 덕희의 목을 유심히 살펴보니 세상에 아무 상처도 보이지 않았다.

털 하나 빈틈이 없는 것으로 보아 쪼코는 단지 무는 시늉만 했던 것 같았다. 겁 많은 밤을 닮은 포우는 며칠이 지나서야 집으로 와 주었다.

나는 다음 날 비워진 억울이의 집을 뒤편에 제법 안정적인 곳에 배치해 주었다. 이제 그들의 벼 숲은 사라졌고 좀 안정적인 곳에서 쉬거나 자야 할 것 같다고 생각했기 때문이다. 쓰다 남은 카펫도 깔아 주고 편안한 아이들의 집이 되길 바랐다. 하지만 야속하게도 일주일 넘게 아이들이 집에 들어간 흔적이 보이지 않았다. 다행히 얼마 뒤 드디어 조조가 가장 먼저 그곳에 들어가기 시작했고, 머무는 시간이 늘어 가고 아예 집에서 상주하게 되었다.

벼 숲과 함께 코붕이도 양말이네 엄마도 사라졌다. 아주 가끔 지나가는 손님처럼 호섭이가 나타났고 양말이들만이 나를 피해 밥을 먹고 다시 데크 아래로 숨어 들어가곤 했다. 이제 앞뒤로 그 해 '아깽이 대란'에 태어난 고양이들만이 남게 되었다. 여전히 배가 부른 채로 옥토끼가 밥을 먹으러 오고 간간이 통키가 집 옆의 구석으로 밥을 먹으러 왔다. 그리고 쪼코의 배가 불러오고 있다는 것을 그때는 알지 못했다.

🐾 매년 4~6월 길고양이들이 대거 태어나는 시기를 '아깽이 대란'이라 부른다.

상상도 못한 전개

집에 온 후, 쪼코의 배가 불러오는 것이 내가 잘 먹여서인 줄 알았다. 그런데 밥을 먹고 옆으로 누워 있는 쪼코를 보니 그게 아니었다. 이제 중학생밖에 안 될 것 같은 쪼코의 배에도 새끼가 있던 것이다.

한참을 쪼코의 뒤를 졸졸 따라다니던 통키를 의심할 수밖에 없었다. 설마설마하며 밥을 주고 통키에게 다가가 그 엉덩이를 보고 난 뒤에야 통키가 '그녀'(암컷)가 아닌 '그'(수컷)였음을 알았다. 생각지도 못한 전개였다. 내가 잘못 본 것이 아니라면 나는 밤에 울부짖는 통키가 당연히 '그녀'라고 생각했다.

집에 오는 것을 거른 적이 없는 쪼코가 하루 걸러 밥을 먹으러 왔다. 배는 다시 홀쭉해지고 윤기 잃은 푸석해진 털을 하고선 전처럼 앵앵거리지도 않은 채 부실하게 밥을 먹었다.

며칠째 기운이 없었던 쪼코는 식사가 끝나면 거친 숨을 쉬며 힘없이 누워 있다 사라졌다. 시간이 조금 지나자, 쪼코는 어느 정도 기운을 차리기 시작했지만 여물지 못한 젖꼭지에 염증이 차오르고 있었다. 아직 어린 쪼코는 조산했고 새끼는 낳자마자 죽은 것으로 보였다.

나는 다시 8호 닭을 구매했고 속상한 마음에 통키에게 쓴소리를 했다. "네가 고양이니까 내가 참는 거지 아니면 너 신고 당했다", "아무리 그래도 저렇게 어린 냥이한테 너무했다"라고 나무랐지만, 동물의 세계를 모르니 어디까지나 인간의 관점에서 말하는 나도 그게 맞는 소리인지 헷갈리긴 했다.

생각해 보니 통키는 한동안 계속 눈치를 보며 집 귀퉁이에서 밥을 먹으려 했고 그마저도 드문드문 나타났다. 쪼코를 졸졸 따라다니는 것도 하지 않았고 밥을 먹으면 금세 사라지곤 했었다.

그러다 정말로 통키는 나타나지 않았다. 내가 한소리해서 그런
건지 아니면 다른 살기 좋은 곳으로 갔는지는 모르지만, 길고양
이와의 이별은 알림도 없이 오는 것은 틀림없었다.

잔소리

옷은 따뜻하게,
밥은 제때,
음식은 골고루,
손발을 깨끗하게,
양치도 구석구석,
일찍 자야지.

와~
사랑이었잖아!

둥글게 둥글게

어느새 앞에 있던 양말이들과 뒤편에 있던 조조네 아이들이 앞 뒤를 오고 가며 친해져 가고 있었다. 나는 하는 수 없이 미루고 미뤘던 집 둘레의 풀을 베어내야 했다. 베인 풀은 작은 동산을 이룰 만큼 수북이 쌓였고, 덕분에 고양이들은 오가는 길이 수월 해졌다.

이제 나타나지 않은 옥토끼도 출산했나 보다 짐작했고, 날은 조 금씩 차가워지고 있었다. 양말1,2,3이 있어야 했지만, 그중 한 마 리가 없어졌다는 것을, 모든 양말이들이 나와의 낯가림이 덜 해 졌을 즈음에서야 알았다. 다른 곳으로 이소했다면 다행이었지만 확률상 셋 중 혼자만 사라진 것은 문제가 생긴 쪽에 더 가깝다.

그렇게 되자 나는 냥이들의 건강관리에 조금 더 신경 써야겠다는 생각이 들었다.

죽어 가는 화분을 살리느라 아레카 야자 뿌리를 담가 놓은 빨간 플라스틱 통에 까치발을 들고 그 물을 먹는 양말이들을 본 뒤 곧바로 맑은 물에 펫 밀크를 섞어 물 먹는 연습을 시키기 시작했다. 그리고 이제는 그릇의 깨끗한 물을 곧잘 먹는 아이들을 보며 고양이들이 얼마나 많은 물을 먹는지 알게 되었다. 밥보다 물을 채우는 횟수가 늘었지만 좀 더 건강하게 살 수 있다면 그 또한 다행한 일이기에 물그릇이 비워지면 채우는 수고를 마다하지 않았다.

그렇게 아이들은 집 주위를 빙글빙글 돌아가며 그럭저럭 즐겁고 평화롭게 지내고 있었다.

🐾 집고양이의 수명이 15년 정도인데 길고양이의 수명은 3~5년 정도로 짧은 이유 중 하나가 깨끗한 물을 마시지 못해서라고 한다. 특히나 우리나라 길고양이 수명은 30퍼센트 정도 더 짧다고 한다.

궁디팡팡

집 앞 데크의 양말이 둘과 집 뒤의 조조를 제외하고 덕희와 포우 쪼코의 거처는 나도 정확히 몰랐다. 내가 문을 열고 나오면 어디선가 틀림없이 나타나는 쪼코의 집은 건너 풀숲 어디로 가까웠던 것 같고, 집 뒤편에 살고 있는 조조와는 다르게 출퇴근하는 덕희와 포우는 조금 멀리 잠자리를 정한 것 같았다. 다들 잘 지내고 있었고 겁 많은 포우만이 더디게 찾아왔지만, 육안상으로는 무사했고 건강했다.

그러다 어느 날 누구보다 성실하게 출근하던 쪼코가 이틀 만에 왼쪽 얼굴에 커다란 상처를 입고 나타났다.

작고 귀여운 얼굴 한쪽이 부어올라 두 배만해졌고 살이 거의 뜯기다 싶게 깊은 상처가 너무나 뚜렷하게 보였다. 눈을 다치지 않은 것은 천만다행이었지만 치료가 필요해 보였다. 억울이를 떠올리니 쪼코를 다시 그 병원으로 보낼 수 없었고, 그렇다고 아직 손이 타지 않은 고양이를 잡아 다른 병원에 데려갈 수도 없었다.

하는 수 없이 어린이 감기약을 참치에 섞어 주고는 12호 닭을 사다 발라낸 살과 진하게 우려낸 국물을 먹이는 방법을 택했다. 밤에는 숯을 피워 고기를 굽고 쪼코에게 최대한 단백질 섭취를 하게 했다. 숯불에 고기 굽는 향기는 마법 피리처럼 우리집에 오는 모든 고양이를 불러 모았고 덕분에 다른 아이들도 거의 일주일 동안 고기를 배부르게 먹게 되었다.

이 미련한 방법 덕분인지 쪼코의 월등한 면역력 때문인지 얼굴의 부기가 제법 가라앉았다. 겨울은 성큼성큼 걸어오는데, 쪼코의 한쪽 뺨에 털 없는 맨살이 그대로 드러나 있는 것을 보니 적잖이 속이 상했다.

어떻게 해서든 만지고 등도 토닥이며 손을 좀 타게 해야 하지 않았을까 하는 후회 섞인 안타까움의 길이만큼, 우리의 거리가 너무 멀게 느껴졌다.

관계의 거리

사이…

때로는 나 자신과도 거리가 필요하다.

사이…

너무 가까우면 데기 마련이고
너무 멀면 차가워지기 때문이다.

사이…

다소 까다로운 거리 조절.

사이…

어렵다.

다산의 여왕

와우! 대~~~박!

옥토끼가 새끼들을 데리고 집으로 왔다. 조조 덕희 포우를 데려
왔을 때보다 더 어린 새끼들을 그것도 넷이나 대동하고 앞에 나
타났다. 그렇게 이번만은 한 마리만 낳으라고 빌었는데 되려 하
나가 더 추가되어 온 것을 보면 기도가 잘못 전달된 것 같았다. 옥
토끼 2기들은 모두 옥토끼와 같은 고등어 무늬의 아이들이었다.

걱정이 앞섰지만 그래도… 그래도 귀여웠다. 1기의 경험 때문이
었는지 밥을 먹이러 데리고 오는 시기가 좀 짧다고 생각했는데
옥토끼에게는 나름의 꿍꿍이가 있었다.

새끼 고양이들을 집 앞으로 데려온 지 며칠 만에 현관문 앞에 네 마리의 아이들을 두고 간 것이다.

처음에는 근처에 옥토끼가 있을 거라 여겼는데 겨울의 초입, 날이 추워지는데 옥토끼는 보이지 않고 다음 날도 새끼들만이 문 앞에서 아옹아옹 거리고 있었다.

그제야 나는 옥토끼에게 당했다는 생각이 들었다. 뒤편에 옥토끼 1기 아이들이, 거실 앞 데크에는 양말이들이 살고 있으니 가능한 한 서로의 영역을 헤치지 않고 내 눈에도 잘 띄는 정중앙 현관문 앞에 이 조그만 아깽이들을 두고 간 것은 나름 치밀하고 영리한 어미의 선택이었다.

고양이들은 너무 어렸고 날은 점점 추워지고 있었다. 그 작고 귀여운 몸짓에도 불구하고 네 마리의 새끼 고양이들은 큰 무게의 걱정이 아닐 수 없었다.

🐾 가을에 태어난 고양이는 겨울을 건디고 살아남을 확률이 더 적다고 한다.

가족의 탄생

태어난 지 두 달이 안 돼 보이는 꼬물이들의 식사는 집 안 현관에서 이루어졌다. 강화의 겨울은 일찍 왔고 차가운 바람에 밥을 먹을 때만이라도 좀 따뜻한 곳에서 먹게 해야 했다. 집 안으로 들여야 하나 고민했지만 어려도 길고양인지라 사람과의 거리가 있었고 네 마리의 고양이를 집 안에서 키우는 것도, 산으로 들로 뛰어다니는 아이들의 미래를, 그 자유를 박탈하는 것이 잘하는 일인지에 대한 확신도 없었다.

아이들의 귀여움이 전해 주는 즐거움과 걱정이 뒤엉켜 아이스크림 튀김 같던 다소 복잡한 시기였다. 그런데 쪼코가 새끼 고양들의 양모가 되는 기적을 만들며 걱정 한 스푼을 덜어 주었다. 며칠을 새끼들과 함께 현관으로 들어와 밥을 먹던 쪼코는 자기 집으로 그들을 데려가기 시작했고 그때부터 서로 붙어 다녔다. 새끼 고양이들도 쪼코를 엄마인 양 따라다니며 가족이 되어 가고 있었다.

정확히 어디 있는지 알 수 없었던 쪼코의 집은 긴 새끼 고양이의 줄 덕분에 집으로 들어오는 길목 언저리 하수로 비슷한 데 있다는 것을 알게 되었다. 여전히 주변에 다른 전원주택들이 지어지고 있었고 하필 쪼코의 집은 차량 통행이 많은 곳에 있었기에 모두에게 위험했다. 나는 급히 아이스박스에 은빛 단열재를 씌워 집을 두 채 만들었다.

다 있다는 상점에서 두툼한 사각 쿠션을 사서 조조의 집에도 아이들의 집에도 넣어 주며 나름의 겨울 채비를 해 주었다. 그렇게 집 앞에는 네 명의 아이들과 급하게 엄마가 된 쪼코가 상주하기 시작했다.

동글동글 커다란 눈망울에 율무 색이 배어 있는 아이는 '율무'가, 율무와 비슷한 색깔에 잠 많은 아이는 '브라우니', 호랑이를

닮은 조그만 아이는 '호랑이 콩', 호콩이와 같은 진한 색 무늬의
아이는 '고양이 콩'이 되었다. 이 콩만 한 아이들과 쪼코는 현관
앞에서 겨울을 보내고 있었다.

낮달

덥수룩하던 여자아이 셋은
같은 밤 다른 꿈을 꾸며 자랐다.

사는 내내 함께할 것 같은 우정은
중년이 되는 나이에 이르니
뒤편 어딘가에 흘리고 말았다.

그래도 쓸쓸하지 않다.

늘 거기, 우리의 마음이 있다는 걸 알기에
사는 동안 따뜻하게 든든하다.

🐾 미애야! 일해야! 전화 좀 해라! 쫌! 나는… 꼼지락거리느라 바빠서^^

엄마의 몫

처음 만났을 때부터 예쁘게 생겼던 옥토끼는 두 번의 출산을 하고 더 고운 고양이가 되었다. 앳되고 젊던 모습은 엄마가 되면서 뭔가 우아하게 변해 갔고 밥을 달라며 서둘러 야옹거리지도 않았으며 앞발을 모으고 앉아 눈빛으로 말했다.

출산은 고양이에게도 큰 변화를 가져다준다는 것을 옥토끼를 보며 알았고 그런 변화는 쪼코에게서도 느낄 수 있었다.

가장 먼저 밥그릇으로 달려들었던 말괄량이 같던 쪼코의 모습은 사라지고 밥을 먹다가도 아이들이 얼굴을 들이밀면 자신은 그릇 뒤로 물러나 앉았다. 그리고 뒷발로 아직 아물지 않은 얼굴의 상처를 긁어 댔다. 그러는 통에 상처의 가장자리에 아직 피고름이 나왔고, 나는 긁지 말라는 잔소리를 하곤 했다. 아직 상처가 아물지 않은 쪼코와 너무 어린 녀석들 때문에 한동안 펫 밀크와 사료가 그릇에 가득 채워지고, 정작 나는 좋아하지도 않는 고기를 자주 구웠다.

율무는 조조가 어렸을 때 하던 버릇 그대로 가장 먼저 밥그릇으로 향했고 양발을 턱 올려놓고 그르렁거리며 다른 아이들의 식사를 방해했지만, 워낙 콩만 한 주먹이라 그 계획이 그리 효율적이지는 못했다.

억울이와 쪼코의 상처를 경험한 나는 밥을 먹을 때마다 새끼들의 목덜미를 잡아 올려 엉덩이를 토닥이고는 간식을 주기 시작했다. 별반 좋아하는 것 같지는 않았지만 아플 때 병원에라도 데려가려면 어쩔 수 없이 손을 타게 해야 했다.

목덜미를 잡고 들어 올릴 때마다 아이들이 얼마나 마르고 작은지, 털이 없었다면 앙상한 뼈만 남을 것 같은 약한 체구로 그 겨울을 이겨 내기도 어렵겠다 싶었다.

옥토끼가 이번에는
좀 너무했다는 생각이 들었지만,
다산의 여왕님 배 속엔
또 새끼들이 자라고 있었다.

예술적 고양이

고양이들이 집 앞을 오가기 시작하면서 누구를 만나도 수다의 켜켜이 자연스럽게 고양이 이야기가 새어 나왔다. 특히나 친하고 편한 갤러리를 가게 되면 대표님과 더 많은 고양이에 대한 안부를 나누고 서로의 소소한 일상 얘기를 담아 오곤 했다.

갤러리 〈소노아트〉 주변에도 옥토끼와 같은 다산의 여왕이 현존하셨고 새끼들을 갤러리 옆에 두고 가 버리기를 몇 번 하는 바람에 대표님 또한 밥을 주며 집사 노릇을 하는 중이시다. 우리집 앞 고양이들과 좀 다른 것은 갤러리의 아이들은 대표님이 구청에 신청해 모두 중성화 수술을 했다는 것이다.

갤러리 고양이 중에서 '노엘'이라는 고양이는 아깽이 시절 몸집이 제일 작았지만 제 밥을 훔치는 비둘기를 잡을 정도로 용감해졌다. 노엘은 제법 통통해진 몸으로 갤러리 소파를 차지하고 앉아 사람들을 맞는다.

곁을 주지 않는 우리 집 고양이들과 달리 노엘은 자신의 기분에 따라 쓰다듬을 요구하기도 하며 명실공히 갤러리 고양이로 입지를 다졌다.

같이 태어난 큰 덩치의 '슈가'는 밥 주는 이의 손만 허락할 뿐 여전히 길냥이의 거리를 유지하며 친구들도 데려와 밥을 먹이는 성격 좋은 고양이로 지내고 있다. 작년쯤 그들의 어미는 또 출산했고 '배트맨'과 '심바'를 떠넘기고 모른 척 자신의 삶을 살고 있다. 모든 애정이 제 것이어야 하는 노엘이 간간이 희빈 장씨처럼 매서운 눈을 하고 나머지 아이들을 잡도리하는 것을 빼면 모두 잘 지내고 있다.

신기한 건, 곳곳에다 스크래칭을 해 대는 바람에 낮은 의자 하나를 갈아치운 노엘이나 갤러리를 출입하는 다른 고양이들도 전시된 그림이나 전시품은 건들지 않는다는 것이다.

전시가 바뀔 때마다 갤러리를 찬찬히 돌며 전시를 관람하는 예술적 고양이들이 되어 가는 것을 보면서 우리 집 고양이들도 이곳 갤러리로 연수라도 보내야 하는 건 아닌지… 내게서 슬쩍 치맛바람이 살랑였다.

갤러리 〈소노아트〉의 고양이들을 보며 우리 집 고양이들도 중성화 수술이 필요한 게 아닌지 고민했지만, 도시에서가 아닌 자연과 가까이 사는 고양이들에게 중성화가 어떤 의미가 될지 모르겠고 서울처럼 전화하면 달려와 줄 수의사 선생님이 있을지도 의문이었다. 나는 강화도에서 귀 끝이 잘린 고양이를 한 번도 본 적이 없었다. 그럼에도 불구하고 지금 와 생각해 보면 어떤 방법으로라도 중성화 수술을 해야 했었던 건 아닌지 후회가 된다.

🐾 나중에 안 사실이지만 읍·면 사무소에 전화하면 길고양이 중성화 수술이 가능하다고 한다.

아깽이들을 부탁해

동장군은 아직 어린 고양이들에게도 그리 관대하지는 않았다. 냥이들의 보드라운 털이 바람에 날릴 만큼 억센 바람은 불어 대고 더불어 제 집이 아닌 곳에서 새끼 고양이들을 지켜 내는 쪼코의 작은 몸집이 애처로울 지경이었다. 착한 코붕이를 닮은 양말이도 쪼코의 육아를 도와 아이에게 온기를 함께 나누어 주곤 했지만, 작은 아이들이 견뎌 내기에 너무 추운 날들이 시작되었다.

첫 한파가 온 날, 걱정스러운 마음에 아이들을 방 안에 넣어 두기로 하고 배변판과 숨을 집을 준비하고 한 마리씩 차례로 방 안에 넣어 두기 시작했다. 아직 어리기도 했고, 목덜미를 한 번씩 잡혀 본 경험이 있는지라 일은 수월했다.

율무, 호콩, 고콩이를 차례로 안방에 넣어 두는데 브라우니가 보이지 않았다. 활발했던 세 마리 고양이는 이 낯선 경험이 무척이나 무서웠는지 먼지투성이의 침대 아래로 들어가 꼼짝도 하지 않았고, 덕분에 나는 안방으로 들어가지 못하고 거실에서 시간을 보내야 했다.

중간중간 무슨 일이 생기진 않았는지 들어가 보면 밥을 먹다가도 후다닥 다시 침대 밑으로 가 웅크리고 움직이지 않았다. 방바닥이 좀 더 따뜻해지라고 놓아 둔 이불 위에 배변을 해 버린 탓에 빨랫감이 하나 생겼고, 안방으로 들어갈 때마다 코를 찌르는 냄새 나는 똥을 치우는 것도 보통 일은 아니었다. 아이들의 귀여운 얼굴과 도저히 어울리지 않는 지독한 냄새에 당황했고 반나절 동안 싸 놓은 똥의 양은 혀를 내두를 정도였다.

하지만 그런 귀찮은 일들보다 하루아침에 갇히게 된 아이들이 침대 밑에서 불안해하는 것이, 마음을 복잡하게 만들었다. 함께 둘러앉아 차라도 마시며 그들의 마음을 들을 수 있다면, 나의 선택이 아닌 고양이들의 선택을 알 수 있으면 좋으련만 확신 없는 시간이 째깍거리고 있었다.

늦은 밤 쪼코의 밥을 챙겨 주려 현관문을 열자 마치 털이 얼기라도 한 것 같은 경직된 모습으로 집 안으로 들어온 쪼코는 아응거리며 아이들을 찾았다. 살짝 안방 문을 열어 주자, 세 마리 야옹이는 다시 올 것 같지 않은 빠르기로 쪼르르 현관 밖으로 뛰쳐나갔다. 그 와중에 종일 잠을 자고 일어난 브라우니가 제 집 밖으로 나와 기지개를 한 번 켜더니 안으로 들어와 유유히 밥을 먹었다.

길고양이들에게는 나이에 상관없는 자유의지가 있나 보다. 집고양이가 되는 것도 평생을 바깥 생활을 하는 것도 자신이 선택하는 좀 '멋짐'이 있나 보다. 만약 그날 내가 안방 문을 열어 주지 않았다면 이 세 마리 고양이는 우리 집 고양이로 지금까지 살 수 있었을지도 모르겠지만, 그게 그들에게 행복한 일이 되었을지는 확신할 수 없다.

나는 다만 첫 한파로부터 어린 고양이들을 보호해 주고 싶었고, 그런데도 구석에서 웅크리고 처진 그들을 보고 있는 것을 참을 수 없어 문을 열어 주는 선택을 했다.

이제 아깽이들의 겨울나기는
온전히 쪼코에게 맡길 수밖에 없었다.

Story of my cats   •••

오늘 기분은 고양이가 정해 줄게요
Dear my cats

#떠나보내고 #떠나가고 #이별하는 중

이별이 온다

두 줄이 있었다.
누군가를 떠나보내는 줄과
떠나가는 줄.

예쁘게 살아야겠다.
나는 이제 떠나가는 줄 끝에 서 있으므로…….

'안녕'해 주어서,
안녕히 있어 줘서 고마워

CHAPTER 4

멀리서 보면 희극, 가까이서 보면 더욱 따뜻한 희극

뚱뚱해져라

갇힌 경험이 있는 아이들이 밥을 먹으러 오지 않으면 어쩌나…
걱정했지만, 여전히 쪼코와 네 마리 고양이들은 현관에서 밥을
먹었다.

활짝 열린 현관문 덕분에 집 안 입구까지 잠시 차가워졌지만, 안
으로 들어온 아이들은 밥을 먹고 신발장 아래서 찬바람을 피해
머물다 가고 슬며시 거실로 향하는 복도까지 들어오는 과감함
을 보이기도 했다.

그러면서 나와의 거리를 조금씩 좁혀 가고 있었다.

I'LL BE SOCRATES WITH A FULL STOMACH

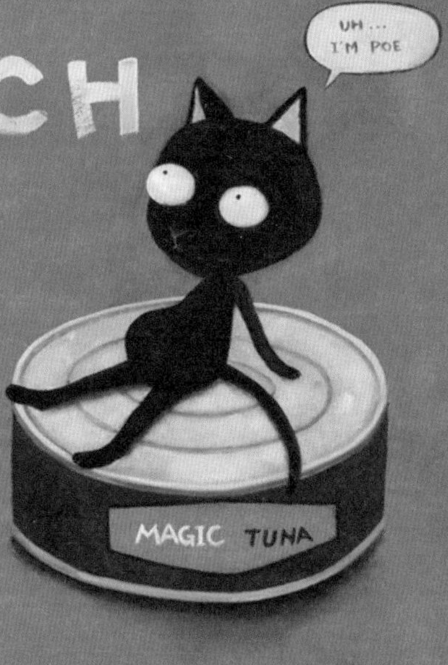

너무나 다행히 맨살이 보이던 쪼코의 왼쪽 뺨에도 털이 온전히 자라 깊은 상처는 가려지고, 겨울을 버틸 수 있는 털옷을 갖춰 입었다. 앞뒤의 모든 아이의 털도 풍성해져 겨울나기를 하고 있었다.

나는 그 겨울 중간중간 숯을 피워 난로도 만들 겸 고기도 구워 주고 밥그릇 가득 간식을 올려 주며 그들의 지방층을 열심히 쌓아 가려 힘썼다.

찬바람이 매섭게 불어도 어딜 떠나지 않던 뒷문 앞 조조는 날이 추워질수록 점점 게을러지고 있었다. 그릇에 참치나 닭가슴살을 올려놓으면 재빨리 나와서 먹던 애가 이제는 몸은 집 안에 둔 채 고개만 쑤욱 내밀어 기어이 그릇을 문 앞까지 가져가게 만들며 점점 느려져 가고 있었다.

한 번씩 겨울을 가르는 해가 뜨면 집 앞으로 나와 의자에 앉아 있던 조조는 의자 위로 뛰어오르기도 버겁게 뚱뚱해졌지만, 나는 내심 추운 겨울이 지나갈 때까지 그대로 뚱냥이로 있어 주길 바랐다.

겨울이 녹는 시간

간간이 내리던 눈이 그날은 거의 폭설 수준으로 와 모든 것을 하얗게 덮어 버렸다. 마당의 아이들은 어떨지 걱정되었던 아침, 다행히 모두 무사한 밤을 보낸 모양이었다. 그간 잠만 자던 브라우니가 사라지고 가장 애정하던 율무도 보이지 않아 어딘가 마음이 좋지 않은 날들이었다.

네 마리 아이들을 겨울의 한복판까지 잘 돌보던 쪼코가 어느 날부터인가 갑자기 옥토끼가 '조덕포'에게 그랬던 것처럼 데면데면 굴고 서슴없이 펀치를 날리며 아이들을 분리하기 시작했다. 그걸 보면서 나는 쪼코의 배 속에도 새끼들이 자라고 있다는 것을 어렴풋이 짐작할 수 있었다.

여전히 브라우니와 율무는 나타나지 않았다. 어떻게 된 일이지 한참 뒤에 브라우니는 옥토끼와 함께 나타났지만, 율무의 모습은 그 뒤로도 볼 수가 없었다. 적극적으로 치대던, 약간 손을 탄 귀여운 율무는 내내 아련한 또 하나의 기억으로 남아 있어야 했다.

배부르게 밥을 먹고 난 호콩이와 고콩이는 온통 하얗게 변한 세상을 뛰어다니며 서로 장난을 치고 있었다. 창밖으로 그들을 보고 있던 나는 여전히 내리는 눈 아래 작은 발로 눈송이를 잡으려 하는 고콩이와 후비적후비적 눈을 파내며 난생처음 아름다운 겨울 날을 맞는 그들의 기억이 어떨지를 생각했다.

단지 배부르고 잘 자는 것만이 전부가 아닌 즐거운 감정, 좋아하는 감정이 그들에게도 있는 것을 보면서 표현하지 못한, 아니 내가 잘 읽지 못한 수많은 감정이 그들에게도 있음을 알았다.

나는 집 앞에 토끼 눈사람과 오리 가족을 만들어 놓고 좀 더 눈 오는 날다운 날을 나와 고양이들에게 선물했다. 몇 시간 만에 눈사람들도 소복하던 눈도 제법 녹았지만, 그 겨울이 마냥 우리에게 추웠던 것만은 아닌 새하얀 날이었다.

봄이 가까이 오고 마당의 모든 눈이 사라졌을 때, 두 콩이들이
눈밭에 묻어 둔 변들이 이곳저곳에서 발견되자 어이없어서 웃
어야 했지만, 우리의 겨울이 녹고 있는 것은 틀림없었다.

꽁꽁꽁

한껏 움츠러든 어깨 사이로
짤막해진 고개를 묻는다.

스치기만 해도 베일 것 같은
겨울의 칼끝에 모든 움직임이 작아진다.

그러나
기어이 싹을 틔우는
그 미려한 움직임

위대한 순리는
반복된다.

거실의 세계

이제 호콩이와 고콩이는 식사가 끝나면 집 안으로 들어와 나와 어느 정도 거리를 두고 돌아다녔다. 한번은 2층으로 올라간 호콩이가 내려오는 길을 못 찾고 서랍 아래서 야옹거리며 시끄럽게 구는 통에 "스스로 올라간 거니 그대로 내려오라"라는 나의 말에도 꼼짝하지 않아 애를 먹었다. 다행히 쪼코가 밥 달라고 야옹거리는 소리 덕분에 길을 찾은 호콩이의 사소한 모험은 끝이 났다.

그렇게 아이들이 집 안으로 들락거리자, 조조는 그것을 상당히 신경썼다. 주로 집 뒤에만 있던 조조는 현관 앞으로 와서는 호콩이와 고콩이를 행동을 살피기 시작했다.

그러다 늦은 밤 조조와 고콩이는 현관으로 들어와 거실로 향했고 그대로 자리를 잡았다. 밖으로 내보내기도 뭐해서 현관 앞에 배변판을 만들어 주고 아이들이 자리 잡은 책상 근처에 밥과 물을 두고 밤을 보냈다. 처음으로 카펫에 배를 깔고 따뜻하게 지진 그날이 꽤 만족스러웠는지 그날 이후 조조와 고콩이는 밤이 되면 집에 들어오려는 시동을 걸었다.

다음 날 그 소식을 들은 까불이 호콩이도 가만히 있을 수 없었는지 가장 먼저 거실로 돌진했고 조조와 고콩이도 뒤를 따르며 오랫동안 거실에서 살았던 것처럼 각자의 자리에 앉아 살짝 내 눈치를 살피며 얌전히 있었다.

슬쩍슬쩍 아이들이 무얼 하나 보면 고콩이는 조조와 부쩍 친해져 장난을 걸어 댔고 조조도 그 장난에 맞춰 이리저리 뒹굴며 보조를 맞추어 놀아 주고 있었다.

거실이 처음인 호콩이만이 이리저리 기웃대며 깨방정을 떨고 있었다. 그러면서 감기라도 든 것처럼 크겅거리는 호콩이의 기침 소리를 들으며 호콩이의 기관지가 별로 좋지 않다는 것을 알았다. 너무 이른 분리는 아이들에게 크고 작은 부작용을 남기는 것 같았다.

그럼에도 활달한 호콩이는 다음 날 아침 집 안에 있는 많은 것들에 개구짐의 흔적을 남겨 놓았다. 2층 침대 위에 제 엉덩이만 한 배변을 해 놓았고 아직 가냘픈 겐차야자 화분을 파헤쳐 놓았으며 테이블 위의 물건들을 아래로 떨구어 놓았다. 궁금한 모든 것들과 인사를 나눈 흔적을 집 안 곳곳에 남긴 것이다.

며칠 밤을 함께 보낸 세 마리 고양이에 대한 소식은 뒤편의 덕희와 포우에게도 전해졌는지 밤이 되면 집 안으로 모두 머리를 들이밀었다. 그러나 밤공기가 전과는 다르게 조금씩 풀리고 있었기에, 나는 모두에게 문을 열어 주지 않기로 했다.

형님의 세상

조조는 저녁을 먹고는 아쉬운 듯 현관문 앞을 기웃거리거나 제법 촉촉한 눈빛으로 신호를 보냈지만 더 이상 거실에 아이들을 둘 수는 없었다.

날은 제법 풀렸고 집 안을 궁금해하지 않는 양말이들과는 다르게 거실의 세계가 부러웠던 덕희와 포우를 더 이상 서운하게 두고 싶지 않았다. 게다가 2층 침대의 이불과 매트를 손으로 빨아야 하는 큰일이 남아 있었고, 겨우내 잘 버려 온 초록이들이 호콩이 손에 파헤쳐지는 것도 곤란했다.

거실에서 함께 배를 지진 아이들은 부쩍 친해져 조조의 좁은 집
에 옹기종기 모여 잠을 자기 시작했다. 고콩이는 조조의 껌딱지
가 되어 딱 붙어 다녔고, 낮에는 양말이를 따라 건들거리며 돌아
다니던 호콩이도 밤이 되면 조조의 곁에서 '크렁' 기침하면서 잠
이 들었다.

간만에 볕이 좋아 마당에 빨래를 널어놓고 고양이 털이 잔뜩 묻
은 의자에 앉아, 배부르게 나름의 오후를 보내는 야옹이들을 보
고 있자니 이 평화로움이 세상 전부인 게 아닌가 싶은 몽환에 나
조차도 나른해졌다.

몽환의 침묵을 깬 것은 집 앞 마른 풀밭으로 뛰어가던 양말이와
호콩이었다. 별로 높지 않은 나무를 단번에 올라 나뭇가지에 안
착한 양말이를 대단한 듯 올려다본 호콩이가 무언의 감탄을 보
내고 있었다. 그때 위풍당당 나무에 오른 양말이가 미끄러져 간
신히 가지에 매달려 대롱거리던 것을, 잔뜩 힘준 앞발의 의지를
다행히 나만 보았다.

그때 호콩이는 마침 딴짓하고 있었고 가까스로 나무에 다시 오른 양말이는 아무 일 없는 듯 시치미를 떼고 나무에서 내려왔다. 양말이는 풀숲을 가르며 집 뒤편으로 달려갔고, 그런 형이 멋있었던 호콩이는 그 뒤만 졸졸 따라갔다.

낮이 되면 둘의 모습이 자주 보이지 않는다 했더니 양말이는 온갖 멋진 척을 하며 고콩이를 데리고 형님 놀이를 하느라 바빴던 모양이었다.

조조의 호객행위

서울로 돌아가야겠다는 생각에 집을 내놓은 지 한참이었다. 가끔 집을 보러 오는 이들은 있었지만, 지역이 지역인지라 그리 쉽지 않았다.

잔디 마당이 집 옆이 아닌 앞에 있었으면, 집 둘레로 펜스나 담장이 둘러싸여 있었으면 좋았을 텐데, 도시가스가 아니면 난방비가 많이 나오는 건 아닌지, 집에 오는 길이 너무 좁다, 저 멀리 축사 냄새는 괜찮냐 등등 모두 나름의 아쉬움과 우려를 내비치고 돌아가서는 소식이 없었다.

그러던 어느 날, 점심 때가 조금 지나서 귀여운 꼬맹이를 안고 젊은 부부가 집을 보러 왔다. 집을 돌아보고 다른 이들처럼 비슷한 이야기를 나누고 있는데, 귀여운 여자아이가 거실 창문에 붙어 창밖의 고양이들을 바라보며 흥분을 감추지 못했다.

인기척을 느낀 고콩이와 호콩이는 슬며시 자리를 피했지만, 조조만이 홀로 남아 이렇게 저렇게 자세를 바꾸며 꼬맹이의 흥분에 호응해 주고 있었다. 아직 말을 잘 하지 못하는 아이의 웃음소리 섞인 높은 데시벨의 괴성에 맞춰 조조의 쇼맨십은 한참 동안 발휘되었다.

그로부터 일주일쯤 되었을 때 귀여운 여자 아이와 그 위로 오빠가 둘 있다던 부부는 우리 집으로 이사하기로 결정했다. 다만 몇 달이 걸릴지는 모르지만, 사는 집이 나가면 연락하기로 하고서 말이다. 나는 정해지지 않은 이사에 제일 먼저 고양이들의 내일을 걱정해야 했다. 다행히 봄은 다가오고 있었고, 조조의 호객행위도 고마웠던지라 푸짐한 간식을 주며 우리의 이별에 대해 주저리주저리 설명했다.

JOJO
SHOW

아는 고양이에게 낯선 향기가 나다

내내 봄으로 향해 가는 듯 보였던 날씨가 다시 차가워진 며칠이
었다. 뒷문에서 찬바람을 피해 집에 들어오길 바라던 조조가 문
을 열자 곧장 거실로 향했고 그 뒤로 고콩이와 호콩이도 너무나
자연스럽게 집 안으로 들어왔다.

추운 날씨도 그렇고 이제 이별의 시간도 얼마 남지 않았기에 거
실에 배를 깔아 버린 녀석들을 내버려두기로 했다. 문을 닫고 밥
과 물을 챙겨 주는데 어디서 좀 말아 본 노숙자의 냄새가 고양이
들에게 아련히 피어나고 있었다.

셋이 한 집에서 부둥켜안고 먹고 자더니 같은 냄새로 그것도 하필 노숙자 냄새로 단체 티라도 맞춰 입은 것처럼 같은 냄새를 발향하고 있다는 게 어이가 없었다.

그 밤 거실을 드나들 때마다 나는 아이들의 냄새에 피식피식 웃음이 났고 여전히 '크릉' 기침하는 고콩이에게 "오늘은 사고 치면 안 된다"고 일러 주었다. 다음 날 아침 거실에 있던 백정화 화분이 파헤쳐져 있었지만 2층 침대에 변이 발견되거나 하지는 않았다.

낮의 해가 마당 깊숙이 들어오면 이 셋은 서로 가까이 붙어 낮잠을 잤다. 어릴 적 제법 까불던 조조는 겨울을 나며 어린 동생들을 잘 돌봐 주는 의젓하고 느릿한 성묘로 자라고 있었다. 뭔가 어설픈 양말이는 낮잠에서 깨어난 호콩이를 데리고 주변을 돌아다니다가 데크 난간 위를 빠르게 뛰어가며 형의 위엄을 뽐내곤 했다.

제 몸에 꼭 맞는 바구니에 들어가 있는 것을 좋아하는 고콩이 덕에 숯 바구니는 정체성을 잃고 마당의 한쪽에서 고콩의 것이 되어 있었다.

많이 내성적인 양말일은 데크 아래서 보내는 시간이 길었고 덕희와 포우는 밥을 먹으러 올 때가 아니면 집 앞에 오는 일이 거의 없었다. 엄마가 되려던 쪼코도 전처럼 까불거리지 않았지만 좀 맛있다는 것 앞에서만 그 성격이 튀어나오곤 했다.

고양이도 철이 드는 게 맞는지 어른이 되어가면서 차분해지고 묵직해지는 것 같아 뭔가 서운한 생각이 들었다.

안녕이라 말하지 못한 안녕

급하게 전화가 왔다. 길게는 6개월쯤 걸릴지도 모른다고 했는데, 3월의 첫날 집을 비워 줄 수 있냐는 것이었다. 이번 기회가 아니면 만기를 채우고도 이사를 할 수 없을지도 모른다는 생각에 나는 일단 가능하다고 답했다. 도시에서처럼 집을 구하는 이가 적은 강화에서 이사 나가기는 무척 힘든 일이었고, 이렇게 오겠다는 사람이 있는 것도 운이 좋은 경우라는 걸 알았기에 나는 한 달 안에 집을 구해야 했다.

급해진 나는 2주 동안 내내 서울을 돌아다녀야 했는데 집을 구하는 것도 만만치 않은 일이었다. 작업실과 거주 공간을 겸해 쓰고 있어서 꽤 짐이 많았고, 그 짐들이 다 들어가기에 적당한 집을 찾아 입주 날짜까지 맞추는 일은 험난했다. 무엇보다 작업실로 사용할 큰 거실이 있는 집이 그렇게 비쌀 줄은 몰랐다. 서울에서 강화로 오는 밤, 한강을 둘러싼 높은 아파트들이 모두 10억 이상쯤 된다는 사실에, 나만 빼고 다들 부자였다는 것에 쓴웃음이 났다.

다행히 겨우겨우 서울이 아닌 경기도에 알맞은 집을 구해 고양이들을 떠나 고양시로 가기로 결정되었다. 남은 일은 들어갈 집을 손보는 것과 필요 없는 물건을 버리는 것, 그리고 고양이들과 이별하는 것이었다.

큰 접시에 사료를 깔고 닭가슴살을 올리고 다랑어를 한 층 더 깔고 충치 예방 크래커를 토핑하여 고양이들의 식사를 준비했다. 급하게 잡힌 이사 준비로 우리의 이별에 대해 자세히 설명해 줄 시간도, 고양이들의 오후를 볼 수 있는 여유조차 없었기에 밤이면 이렇게 미안함을 담아 주는 수밖에 없었다.

옆집 고양이

예쁜 정원을 가꾸는 옆집은 고급스럽게 생긴 고양이 한 마리를 키우고 있었다. 동글동글한 귀티 나는 얼굴에 짧은 털과 짧은 다리를 가지고 잔디밭에 앉아 자연을 즐기는 '모카'라는 예쁜 이름의 고양이는 내가 지나가다 인사를 건네고 쓰다듬어 주면 배를 보여 주며 애교도 부린다.

두어 번 츄르를 줘서인지 낯도 가리지 않고 때때로 만질 수 있는 고양이를 둔 것이 부러웠지만, 무엇보다 비가 오고 날이 차가워져도 주인들의 사랑을 받으며 집 안에서 보호 받는다는 것이 가장 부러웠다.

같은 고양이로 태어나 집 앞 고양이들은 자연이 주는 모든 것을 있는 그대로 맞으며 아파도 병원에 가기 힘든 묘생을 산다는 게 허탈하다. 가끔 도로 위에서 차에 치여 죽어 있는 고양이를 볼 때마다 얼굴도 모르는 조심스럽지 못한 운전자를 욕하곤 했다. 하지만 대부분 누구 탓이 아닌 길 위의 삶에 일어난 불상사이자 예견하지 못한 사고라는 것을 안다.

다분히 위험에 노출되어 사는 바깥의 동물들을 안쓰러워하는 이들도 많지만, 유독 그런 동물들을 싫어하는 사람도 있다. 비록 길 위의 삶이지만, 그저 스쳐 지나가는 생명일 뿐일지 모르지만, 그러한 삶도 치열하게 꿈틀거리는 생이라는 것을, 그들도 우리와 함께 공존하는 존재라는 것을 이해했으면 좋겠다. 특별히 챙겨 주지 않아도 발로 차거나 위협하지 않고 지나갔으면 좋겠다.

우리의 삶도 길 위의 삶도 멀리서도 가까이서도 따뜻하고 행복했으면 좋겠다.

🐾 고양이 눈에 있는 타페텀 세포는 작은 빛에도 예민하게 반응해 자동차 불빛을 보면 순간적으로 실명 상태가 된다고 한다. 그래서 좁은 동네의 길이나 시골길은 좀 천천히 운전해야 그나마 길고양이들의 안전이 조금은 보장된다.

겨울을 지나간다

이사를 앞두고 나는 몹시 분주한 날을 보냈다. 고양이들의 아침을 챙겨 주고 새집을 고치느라 집을 비우고 늦게 귀가하는 일이 잦았다.

여름은 지나고 떠날 줄 알았는데… 아직 어린 호콩이 고콩이가 조금 더 자란 것을 볼 줄 알았는데… 쪼코의 출산 후 몸보신을 시켜 주고 갈 줄 알았는데… 이삿날이 가까이 오자 이것저것 서운함이 커져 갔다.

다행히 옥토끼는 또 다른 새끼 고양이들을 데리고 나타나 자신과 3기 아이들이 모두 건강하다는 것을 알려 주었다. 저도 양심은 있는지 혹은 내가 이사하는 것을 알았는지 그저 같이 와서 혼자 밥을 먹고 뒤에서 까부는 아이들을 다시 데리고 갔다. 이번에도 옥토끼는 자신과 같은 무늬의 새끼 네 마리를 낳았고 앞으로도 계속될 출산을 예상하며 옥토끼의 미모가 좀 수그러지길 바랐다.

아직 추웠지만 봄에 가까워지고 있는 날씨에 코붕이도 나타나 양말이와 밥을 먹었다. 양말이 엄마는 어디 두고 혼자 온 건지는 모르지만 밥을 먹다 나를 돌아보는 여전히 순박한 얼굴이 반가웠다. 점점 코붕이를 닮아 가는 양말이들의 덩치와 얼굴을 번갈아 보고 있자니 그 유전자의 힘이 새삼 놀라웠다.

아침을 먹고 있는 고양이들을 보며 차가운 겨울을 잘 떠나보내고 무사한 봄을 맞을 수 있다는 것을 그나마 다행한 일로 여겼다.

겨울이 지나가고, 나도 고양이들을 지나가려 하고 있었다.

초록이처럼 옮길 수 있다면

이사하기 며칠 전부터는 겨울을 잘 지낸 식물들을 차에 싣고 새 집으로 옮겼다. 포장이사라지만 화분을 옮기는 건 일하시는 분들도 번거롭고 아무래도 위험할 것 같아 최대한 미리 가져다 둘 생각이었다. 좀 무거운 화분 몇 개만 남겨 두고 차에 넣을 수 있는 만큼 실어 날랐다.

어수선해진 분위기에 고양이들이 이리저리 왔다 갔다 했지만, 별반 다르지 않게 내가 오고 가는 것에 관심이 없는 것을 보면 이사하게 됐다는 말을 이해하지 못한 것 같았다.

집에 왔다가 안녕도 없이 사라지는 고양이들을 보며 조금의 걱정과 조금의 야속한 마음이 들었었다. 하지만 여기보다 더 좋은 곳에 가 있을 거라는 근거 없는 믿음으로 나는 늦게까지 안녕을 다하지 못했다.

내가 사라지면 고양이들은 어떤 마음으로 우리의 안녕을 받아들일지 가늠되지 않았다. 행여 아주 오랫동안 나를 기다리는 것은 아닌지, 파리한 슬픔이 마음에 수를 놓았다. 내가 생각하는 것보다 아이들이 영리하지 못해 금세 우리가 함께한 시간의 기억을 잊어버리고 밥 주는 따뜻한 이를 만나 별 탈 없는 고양이로 지내길…….

화분에 담긴 초록 식물들을 안아 옮기며,
고양이들도 그렇게 함께
옮길 수 있다면 좋겠다고 생각했다.

경계의 고양이

무지막지하게 많은 짐들과 함께 나는 미완의 이사를 마쳤다. 시간이 없어 도배도 하지 못한 채 꾸역꾸역 집에 짐들을 구겨 넣고 서너 달이 지났음에도 아직 이사 나갈 집인지 방금 이사 온 집인지 구분이 안 되는 무질서한 공간에서 아방가르드하게 지내고 있다.

하루에 몇 번은 강화의 고양이들을 생각하고 비가 오거나 밤이 차가워지면 그들 걱정에, 마음에 먹구름이 끼었다. 나는 아직 어린 호콩이 고콩이가, 이제 새끼를 낳았을지도 모르는 쪼코가 걱정일 줄 알았다. 그러나 막상 제일 걱정되는 건 다 큰 건강한 조조다.

지나고 보니 늘 뒷문 앞에서 먹고 자기만 했던, 집고양이도 길고양이도 아닌 경계의 고양이가 된 조조는 어디 멀리 나가 본 적도 없이 성묘가 되었고, 단 하루도 내가 주는 밥 이외의 먹이 활동을 한 적도 없었기에 누군가 챙겨 주지 않는다면 온전한 길냥이가 되기까지 부단히 헤매게 될 것 같았다.

이사를 오며 내가 할 수 있는 일은, 선해 보이는 다음 주인에게 가끔 밥을 챙겨 주기를 부탁한 것과 그 부탁의 의미로 몇 달치의 사료를 보내 주는 것밖에 없었다. 다행히 그들도 고양이 한 마리를 키우고 있다 전해 들었고, 그래서 길고양이를 보는 눈에 애정이 어릴 거라 믿었다. 무엇보다 길냥이들의 강한 생명력과 요원처럼 흩어져 있는 캣맘들의 정성이 그들에게 닿기를 바랐다.

그래도 걱정은 큰 추의 무게를 달고 마음 안에서 삐걱대며 움직이고 있다. 추위를 이겨 보라고 뚱보 고양이로 만들어 두 앞발이 모이지 않았던 조조를 보며 뿌듯해 했었는데, 이제 곱게 앉으면 앞발이 모이려나… 좋아하던 소금 없이 구운 고기는 좀 먹었으려나… 조조의 집은 비가 들이치지 않는 곳에 잘 있으려나…, 혹시 올 '아깽이 대란'에 속해 엄마나 아빠가 되지 않았으려나…….

이름을 불러 주세요

그다지 아파트를 좋아하지 않았지만 지금 사는 오래된 아파트는 녹지가 많아 단지를 걷다 보면 수목원을 걷는 기분이 든다. 곳곳에 우거진 녹음이 그림자를 남기며 바람에 춤추며 흔들린다. 놀이터에서 퍼져 오는 재잘거리는 아이들 소리에 잠이 깨면 하늘만큼 자랄 기세의 나무에 그 너머의 숲속 나무들이 레이어를 이루어 시야가 청량하다.

엘리베이터를 타고 문 앞으로 찾아와 벨을 누르는 고양이는 없지만, 이곳에도 몇몇 고양이들이 살고 있었다. 이사를 와 맨 처음으로 아파트와 담이 닿는 중학교 공터에 앉아 털을 고르는 고양이 한 마리와 펜스를 사이에 두고 마주쳤다. 나는 그 고양이를 보자 마자 고민도 없이 '찰리'라는 이름을 붙여 주었다. 그리고 찰리 사진을 본 사람들은 왜 찰리가 됐는지를 바로 이해했다.

찰리의 인중에는 마치 누군가 일부러 그려 놓은 듯 위로 삐친 수염 무늬가 있었고. 자주 학교를 드나드는 것이 좀 배운 학구열 높은 엘리트 고양이처럼 보였다. 나는 종종 마주치는 찰리에게서 강화에 있는 고양이들의 이름을 떠올렸다.

이제는 옥토끼도 억울이도 조조 덕희 포우가 아닌, 코붕이도
양말이도 통키도 호섭이도 아닌, 쪼코도 율무도 브라우니도 호
콩이도 고콩이도 아닌 다른 이름으로 불릴 테지만, 그것이 그
냥 '나비'일지라도 그들의 이름을 불러 줄 누군가가 있기를 바
란다.

낯설고도 달콤한

십 분 거리의 공원에서도, 거기까지 가는 길목에서도 나는 종종 길냥이들과 마주친다. 밤이 되면 맨발 걷기를 하느라 공원을 걸어 다니다 보면 두세 마리의 통통하고 실한 고양이들이 각자의 구역에서 길 생활을 하고 있었다.

일주일쯤 지나자, 왜 그 아이들이 모두 그렇게 통통한지 알 수 있었다. 자정이 다 된 시간이 되면 운동을 하며 밥을 주고 그릇을 씻어 물도 챙겨 주는 성실한 캣맘이 있었고 세 마리 고양이는 근처에서 그들의 밥을 기다리고 있었다. 나는 그런 고양이들을 볼 때마다 강화도의 고양이들을 떠올렸고 내 안의 외모지상주의가 발동해 나의 고양이들보다는 좀 덜 예쁜 것 같다고 생각했다.

그런데 얼마 전부터 공원의 입구와 가까운 풀밭에서 작은 곤충을 잡고 혼자 놀고 있는 흰색 고양이를 보았다.

다음 날도 그 다음 날도 어두운 풀밭에서 혼자 놀고 있는 어린 고양이가 신경 쓰여 참치 캔 하나를 사다 주었다. 자세히 보니 하얀 귀와 꼬리 부분에 물 많은 붓으로 채색한 듯 그 무늬가 수묵담채화 같아 그 고양이에게 '담채'라는 이름을 지어 주었다.

우연히 만나게 되는 날이면 담채에게 혹시 몰라 주머니에 챙겨 둔 츄르를 주고, 공원 안 각양의 돌멩이로 길을 만들어 놓은 맨발 광장이라는 곳으로 향했다.

평소보다 늦게 공원에 간 나는 어두운 풀밭에 담채가 없는 것을 보고 담채의 풀밭을 무심히 지나쳐 맨발 길을 돌고 있었다. 그런데 길의 중간쯤 지났을 때 하얀 담채가 있는 것을 보았다. 아마도 나를 기다리던 담채는 시간이 지나도 내가 오지 않자 자신의 영역이 아닌 그곳까지 나를 찾아왔던 모양이다.

마침 가방에 참치 캔 하나가 있어 담채의 기다림에 답할 수 있었
고 뾰족하고 동글한 돌들의 길을 지나는 동안 식사를 마친 담채
는 거리를 두고 멀리서 나를 쫓아다녔다. 잔디밭까지 따라와 나
를 지켜보는 담채를 위해 다음 날 작은 사료와 츄르를 준비했다.
이제 맨발 걷기를 위해 공원에 가는지 담채의 밥을 주러 가는지

모르겠지만 특별한 일이 아니면 공원 산책을 빼먹을 수가 없게 되었다. 멀리 내가 보이면 말처럼 달려와 밥을 먹고 나의 소소한 운동이 끝날 때까지 다시 그 자리에서 나를 기다리고 있는 녀석이 애잔했다.

나는 어느 날 공원 위로 떠오른 밝은 달빛 아래 환히 보이는 이 아이의 얼굴이 강화도 고양이들만큼 예쁘게 생겼다는 것을 알았다. 그때 나는 담채에게서 나의 고양이들이 나를 기다렸던 달콤한 순간들을 보았던 것 같다.

조조에게

나는 조조가 누구보다 잘 지내고 있다는 것을 안다. 더불어 조조와 같이 밥을 먹는 나의 고양이들도 갸릉거릴 정도로 행복하다는 것도 안다. 여기서 만난 담채라는 고양이를 보고 놀랐던 것은 양말이보다 어린데도 양말이가 올랐던 것보다 몇 배가 높은 나무 위에서 내가 오기를 기다리고 있었다는 것이다.

기다린다는 것은 그런 건가 보다. 조금 위험하고 아찔하게 현기증도 나는 것. 그래서 조조가 나를 기다리지 않을 거라는 것을 확신한다. 조조는 얌전하고 모험을 좋아하지 않으며 동생들을 챙길 줄도 아는 따뜻한 고양이라 위험하고 아찔한 짓은 안 할 거라고 믿는다.

아주 오랫동안 어느 따뜻한 집 고양이만큼만 건강하고 무탈하게 살아 낼 것을 기도한다. 종종 나의 고양이 이야기를 들은 사람들은 한 마리 입양하라 말하기도 하지만, 사실 나는 약간 고양이 털이 간지럽고 무엇보다 고양이를 그렇게 좋아하는 사람이 아니다. 또한 나는 누군가를 책임질 만큼 크고 따뜻한 그릇이 못 된다는 것도 잘 안다.

다만 나에게 고양이들은 나와 같은 하나의 생명이었고, 우연히 만난 작은 친구들이었을 뿐이다. 나는 운이 좋아 사료를 살 수 있는 방법을 알았고, 오다가다 만난 하나의 삶이 밥을 달라는 부탁을 했고 나는 거기에 답했을 뿐이다.

따뜻한 위로를, 무심한 위안을 선물 받은 것은 도리어 나였다. 배를 채우면 싸우지 않으며 그 이상의 욕심도 내지 않고 그저 따뜻한 햇살에 몸을 데워 마음마저 안락했던 고양이에게서 하루씩을 배웠을 뿐이다.

"조조야! 그래서 고마웠어."

Story of my cats

오늘 기분은 고양이가 정해 줄게요
Dear my cats

#이미 평온한 #꿈꾸는 시간

NOT YET

분명,
이미와 아직의 사이에 있었는데

벌써,
이루지 못한 꿈이 하나 더 생겨 버렸다.

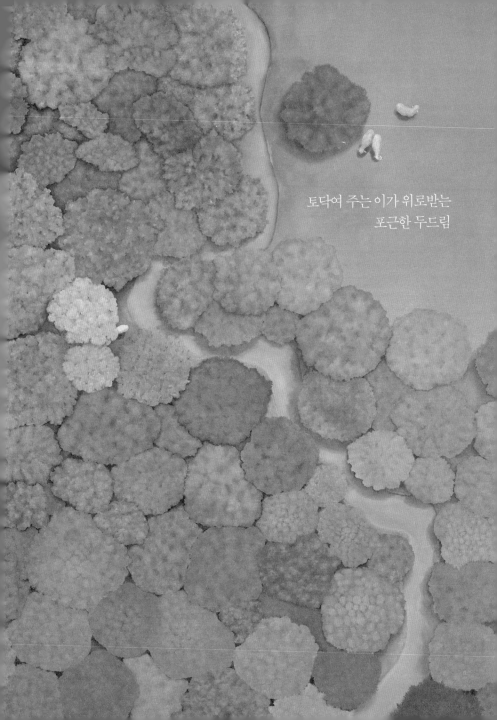

토닥여 주는 이가 위로받는
포근한 두드림

나와 나의 고양이들

QUEEN OF FERTILITY
OKTOKKI

다산의 여왕, 옥토끼

강화도에서 가장 먼저 밥을 달라 요구하던 고양이로 그 포스가 강렬하다. '고양이에게도 아우라가 있구나' 생각하게 만드는 마성의 고양이는 첫해에 새끼 세 마리(조조, 덕희, 포우(1기))를 집 뒤에 데려다 놓았다. 그리고 같은 해에 2기(율무, 브라우니, 호콩, 고콩)를 현관문 앞에 데려다 놓는다. 이사 나오기 전에 네 마리의 3기 고양이들을 데리고 왔던 것까지 보았으니 과히 다산의 여왕이라 할 만했다. 아마도 지금까지 고양이 출생률에 혁혁히 기여하고 있는 것으로 추정된다.

기욤기욤, 율무

옥토끼 2기 중 서열 1위로 보이는 율무는 동그란 눈을 내리까는 법이 없이 조그만 몸으로 밥그릇으로 돌진했다. 억지로 목덜미를 잡히고 강제로 쓰다듬을 당한(만일을 대비해 조금이라도 사람의 손을 타게 하려는 의도였다.) 율무는 늘 화가 난 것처럼 보이려 했지만, 그것이 세상 귀엽게 보인다는 것을 미처 알지 못했다. 가장 강하게 자랄 것으로 예상되었던 율무는 태어난 지 다섯 달이 되지 않아 사라지고 말았다. 너무 귀여운 율무가 아주 따뜻한 집에 '냥줍' 되었다고 믿고 또 믿는다.

똑똑이, 조조

옥토끼 1기 중 서열이 가장 높은 고양이로 어릴 적 성격이 옥토끼를 가장 많이 닮아 자칫 사나운 듯 보인다. 하지만 성묘가 된 후로 후덕해진 몸과 더불어 마음도 따뜻한 고양이로 자랐다. 집 앞에 상주하며 가장 많이 얼굴을 보여 준 다정한 고양이다.

돌냥이, 쪼코

아무것도 무서운 것이 없는 것처럼 보였던 쪼코는 왜소한 몸에 비해 누구에게도 기죽지 않는 강단 있는 고양이다. 귀여운 얼굴을 들이밀어 집 앞에서 유일하게 츄르를 직접 받아먹는 고양이가 되었다. 배를 까는 애교로 간식을 한 개씩 더 받아먹기도 했다.

졸졸, 담채

나의 고양이 중 유일하게 '졸졸'이라는 호가 있는 담채는 고양시 공원에서 만난 아이로, 내가 운동하는 내내 졸졸 따라다녔다. 몇 달 동안 공원 입구에서 나를 기다리다 같이 운동하러 가는 통에 비가 억수같이 내리는 날에도 나를 공원에 가게 만들었다. 그 인내와 끈기로 현재 우리집 상전으로 모셔지고 있다.

우리

얼룩이

홍대 골목에서 만난 우리와 얼룩이는 한배에서 나온 남매, 혹은 자매다. (얼룩이는 암컷이 거의 확실했으나 우리는 성별을 확인하지 못했다.)

진취적인 성격의 우리는 마실 다니기를 즐겼으며, 심지어 사람들과 함께 건널목을 건너는 고급 스킬도 보여 줬다. 그러나 얼룩이는 집 뒷마당으로 밥 먹으러 오는 것을 빼곤 어딘가에 숨어 있는 것을 좋아했다. 가장 멀리서 발견되었던 곳은 집 뒤 와우산이었고, 주로 풀과 곤충들과 놀았다.

고양이 가계도

강화도 고양이 1

옥토끼

옥토끼 1기

조조 | 덕희 | 포우

옥토끼 2기

브라우니 | 율무 | 호콩 | 고콩

강화도 고양이 2

엄마 양맘

아빠 코붕이

양말일

양말이

양삼

강화도 고양이 3

억울이

호섭이

통키

쪼코

서울 고양이 (남매 사이)

우리

얼룩이

고양 고양이

찰리

담채

갤러리 고양이

노엘

슈가

심바

베트맨

🐾 길고양이는 수컷의 경우 4~5개월, 암컷은 6~12개월 전후로 중성화 수술을 받게 된다. 이때 그 표식으로 한쪽 귀를 자르는데, 선생님들 너무 '싹둑', '뎅강' 말고 조금만 예쁘게 잘라 주시길 부탁드립니다.

서로에게 물들어 가는 우리의 삶을 응원하며…

오늘 기분은
고양이가 정해 줄게요

초판 1쇄 인쇄 2025년 4월 30일
초판 1쇄 발행 2025년 5월 23일
지은이 강예신
펴낸이 배민수 이진영
기획 박경아
편집 밀리&셸리
디자인 디자인현
마케팅 태리
펴낸곳 테라코타 **출판등록** 2023년 1월 13일 제2024-000080호
주소 서울시 용산구 원효로 128 e-테크밸리오피스텔 907호
메일 terracotta_book@naver.com
인스타그램 @terracotta_book

ⓒ 강예신, 2025
ISBN 979-11-93540-32-9 03810

당신의 날들이
봄날의 고양이 같기를…

_____ 님께